수요일은 어리고 금요일은 너무 늦어

천서봉 시집

문학동네시인선 198 천서봉

수요일은 어리고 금요일은 너무 늙어

불행이 기다릴까 자주 버스에서 내리지 못했다.
존재를 증명해내는 불행의 기이함에 끌린 것도 사실이지만
그 가치는 종종 무의미했으며 위로가 되지 못했다.

다시 십여 년의 세월을 보내고 겨우 두번째 시집을 낸다.

의미를 두자니 변명에 가까웠고 여백으로 남기자니 공허
했다.
나의 말들은 웬만해선 잘 뭉쳐지지 않았고 그래서 멀리 던
질 수도 없었다.
비틀거리며 날아가는 나비와, 테이블 앞에 앉아 있는 고
등어
또 발목이 사라져버린 사람까지,
그 유령 같은 이음동의어들을 간신히 한데 모아두었다.
이제
가운데 선을 긋고 오 엑스로 나누어지는 게임,
그 게임에서 나는 무리를 버리고 혼자 그 선을 넘어온 것
만 같다.

두렵지만 두렵지 않게,
가볍지 않은 마음으로 가볍게,
부디 목요일에 우리 다시 만날 수 있기를.

나의 생일 다음날을 골라 떠나신 어머니가 보고 싶다.

2023년 여름
천서봉

차례

1부 닫히지 않는 골목

2부 발목이 없는 사람

3부 목요일 혹은 고등어

4부 무서운 아이스크림

1부

달히지 않는 골목

돌아오지 않던 사람이 불현듯 돌아오는 저녁,
그대와 살던 편두통들, 닿을 듯 멀던 낙원들,
내게 이앙(移秧)되었으나 잡초만 자라던 마음들,
그 마음에 문상 다녀오던 또다른 마음들,
그 모든 흉중은 여전히 나인가

닫히지 않는 골목

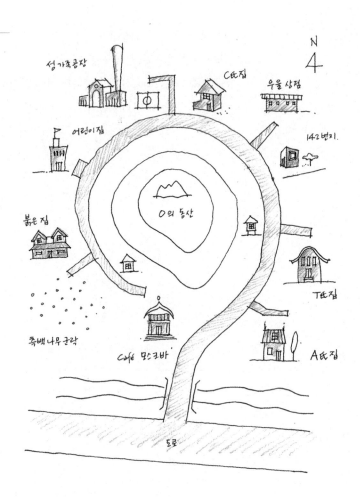

골목의 지도*

* 이 골목에는 간장맛 담배가 없다. 피에로로 분장한 악마도, 공중 부양하는 눈알도, 한때 나보다 사랑했던 당신도 없다. 그러나 골목은 당연히 없는 것들이 없어서 있지 말아야 할 것들로 가득하다. 가령 살아 있는 죽음이나 죽어 있는 삶들, 시와 삶이 구분되지 않기를 기도하던 시절을 지나 끝내 시와 삶을 구분할 수 없는 지경에 이르러버린 골목에서 나는 피로한 한 마리 곰처럼 서향의 붉은 집을 바라보며 누워 있다. 슬프게도 내 안에 들여놓았던 당신이나 당신에게서 나를 발견하는 일이 어느 순간엔 다 엉터리가 되어버린다. 어떤 찰나를 지나면 선이나 악은 아무런 의미가 없다. 곰의 원형은 정말 곰인가? 내가, 당신이, 정말 여기 있기는 했을까?

골목의 지도는 유년의 기억에 의존한 것이므로 실제와 다를 수 있음.

닫히지 않는 골목
―우울 상점

한 어린 소녀가 황혼녘에 그녀의 어머니와 함께 해변에서 돌아온다. 그 아이는 아무것도 아닌 일로, 계속해서 더 놀고 싶었기 때문에 울고 있다. 그 소녀는 멀어져간다. 그녀는 벌써 길모퉁이로 돌아갔다. 그런데 우리의 삶 또한 그 어린아이의 슬픔과 마찬가지로 저녁 속으로 빨리 지워지는 것은 아닐까?*

상점으로 들어서면 아이는 이렇게 말합니다.
―우울 사세요.

―우울 한 개만 사세요, 아저씨.
―그래 아이야, 내가 여기 있는 우울을 모두 사마.
―정말인가요? 꿈은 아닐 테죠?
―그래, 그러니 이제 한번 웃어보렴.
―그런데 이 많은 우울을 다 무엇에 쓰시게요?
―너는 이 우울을 모두 팔면 무엇을 하고 싶으냐?

아이는
―더 재미있는 우울을 구하러 갈 것입니다, 라고 답하더라.

* 파트릭 모디아노, 『어두운 상점들의 거리』(김화영 옮김, 문학동네, 2010)

닫히지 않는 골목
―性 가족공장

내 슬픔의 가장 안쪽에 성 가족공장이 있다

아침이면 새로운 아이가 태어나 도로 쪽으로 걸어나갔고

도로로 나간 아이들은 누구도 이 골목으로 되돌아오지 못했다

아이들의 얼굴은 생각나지 않는 죽은 이복동생을 닮았다

오늘은 성 가족공장 공장장인 삼촌의 서른번째 기일이다

공장의 굴뚝은 조금씩 자라 어느새 이 골목의 상징이 되었다

잡설을 불러 저녁 식탁에 앉으면 삼촌의 수염 같은 분진들이 밥상 위에 조용히 내려앉곤 했다

닫히지 않는 골목
―모스크바의 여름

춤출까? 차라리 욕을 하지, 애인은 나를 잊었을까? 글쎄, 나더러 영혼이 없대

덜컹거리는 위장을 따라 술집에서 여관으로 여관에서 궁전으로 철길을 놓는 밤

한없이 수은주가 내려가는 다리 위에서, 홀로 복된 트레파크를 추고 싶구나

고단한 행자의 해살(解煞)과 피리 소리는 닮아서 네 입술은 뾰족지붕처럼 위태롭다

5촉짜리 전구의 연애, 혀를 닮은 우리의 기차, 노래는 하지 말자, 무서우니까

우리의 불구는 광장처럼 드넓었고, 갑상선을 앓듯 그해 여름은 하체가 짧았다

닫히지 않는 골목
—9

약에 취해 손가락 부푼다 하필 오늘 폭설 내려 다리는 형편없다 길어진다 휘어지고 있다 알 수 없는 것들은 제법 알 수 없다 기차는 9가 아니다 간혹 불멸의 이름이 떠오르기도 했지만 슬프지 않다 폭설을 뚫고 기차가 간다 의미 없지만 나는 기차의 불빛 따라 걷는다 휘어진 다리가 꼬이고 몸이 젖는다 때로는 의미 없음이 의미 있었기에 오늘 머리카락이 철사처럼 구부러지고 다정한 기차는 여러 번 물결로 출렁거렸다 하필 이 밤에 기차가 달려가고 나는 폭설 따라 걷는다 다리가 점점 길어져 이제 바닥이 보이질 않는다 부풀어오르다가 9는 폭발할 것만 같다 기차는 9가 아니어서 다행이다 붉은빛 충혈된 눈 위로 하얗게 하얗게 비늘 흩어진다 의미는 형편없다 기차가, 내 입속으로 눈 기차가 들어오고 있었다

닫히지 않는 골목
─한여름의 카니발

즐겁게 춤을 추다가
그대로 멈추면
깨진 유리창 틈
낮말 곁에 새가
밤말 곁에 쥐가 있다
쿵쿵거리는 침묵 때문에
아래층의 뭉크가 절규한다
빈방마다 바람이 가득 들어차고
으스스한 빗물이 눈물이
천장으로부터 뚝뚝,
거실의 발목이 부풀어오른다
즐겁게 춤을 추다가
그대로 멈추면
안방에는 피칠갑된 주인이
자고 있다 자고 있는
나를 내가 내려다보고 있다
새의 발자국 같은
붉은 족적을 찍어대며
마라가 온 집을 뛰어다녔다
즐겁게 춤을 추다가
그대로 멈추면

닫히지 않는 골목
─붉은 집

붉은 집에 사는 여자에게는 어린 남자가 가끔씩 찾아온다 소문에 의하면 여자는 매형의 정부였는데 어린 남자는 찾아올 때마다 누군가의 뼈 한마디씩을 그녀에게 주고 간다는 것이다 누나는 여느 아이들처럼 이 골목을 떠나 돌아오지 못했고 대신 정부를 들인 매형도 몇 해를 더 살지 못했다 집 앞 동산에 묻힌 매형의 무덤에는 누군가 매해 다녀간 흔적이 있지만 누가 다녀가는지 본 사람은 아무도 없다 어린 남자가 누구인지 붉은 집 여자는 뼈마디로 또 무엇을 짓는지 알 수 없지만 그녀의 집은 해가 더할수록 점점 더 붉어지고 있다

닫히지 않는 골목
─어린이집에서 춤을

공포가 가득한 램프처럼 아이들의 눈이 붉게 빛났다

오래 고여 있던 냄새는 뚜렷하지 않은 생각과 닮았다

진지한 농담들은 냉동고 안에 꽁꽁 숨어 있고

이것은 조금씩 변질되어가는 나의 뇌와 다르지 않다

보관되지 않는 슬픔은 스무 살 이후로 없단다

더이상 앞을 볼 필요가 없는 맹어(盲魚)처럼 우리는

우리의 미래를 다만 느낀다고 수증기의 말씀이 새고 있다

고장나도 좋을 불행의 춤을 추어라 아이들아

서로에게 들킨다면 기침 소리에도 뼈가 부러질 춤을

소매가 향냄새를 풍기며 파랗게 타오른다

오늘 우리의 춤은 아무것도 상징하지 않을 것이다 아이
들아

닫히지 않는 골목
─ O

　바람이 불지 않는다 높은 곳에 올라가보았지만 너는 없다
더이상 설레지 않았다 슬플 건 없지만 슬프지 않을 것도 없
다 편평한 대지처럼, 얇고 흰 종이처럼 나는 지구 위에 놓여
새로울 것 없는 슬픔을 느낀다 부재는 평화롭고 그리고 더
없이 위태롭다 바람이 불지 않는 곳에선 거의 모든 것을 견
뎌야 하므로, 당신 없는 꽃들이 핀다 당신 없는 비가 내리고
당신 없는 계절이 바뀌고 이렇게까지 환할 필요 없는 소리
들이 당신 없이 창궐한다 모든 예보에선 불명열(不明熱)이
빠져 있고 당신과 나 사이의 등고선은 이제 없다 이 정도면
슬프지 않을 것도 없지만 슬플 것도 없다 바람이 잠든 후 아
무것도 잠들지 못했다

닫히지 않는 골목
―지도에 없는 나이

수은이 굴러가는 어느 연구실 옆 가을 나무들의 합창

투명한 껍질 속, 핏줄이 그렁그렁 비치는 그런 창문

한번 만져봐도 될까, 사과는 외롭고, 나는 스무 살

닫히지 않는 골목
—T

우리가 어렸을 때 나무 밑동만큼이나 작았을 때 하늘은
귀여웠지만 당신의 숨은 겨울 가오리연처럼 멀고 가늘었다
석 달 열흘 정도는 거뜬히 울 것 같던 검은색 로터리 전화기
는 오늘 고장난 걸까 자꾸만 들어올려볼 때 무언가 함께 끌
려 올라오던, 덜컥거리던 그것이 내 몫의 감당이겠거니 했
던 순한 착각을 다 타버리고 밑동만 남은 나무들의 겨울 산
에 와서 보았다 울음도 질책도 없이 언제나 나보다 조금 더
아래에서 나를 올려다보던 바닥들, 위로 열명(列名)하듯 비
가 내렸다 당신의 발목은 아직도 허공에서 흔들리고 있다

닫히지 않는 골목
―측백나무의 집

계단을 내려가자 그늘의 눈썹들이 알은체했다

처음 듣는 음악이 공중을 느끼고 침묵은 간지러웠다

거세당한 성기를 보여주고 나는 한줌의 문장을 얻었다

11월을 메운 창살 앞에서 나는 입을 잃고 귀로만 걸어 다
녔다

말이 되지 않는 집단의 고독이 내 등살을 갉아주었으면
했다

이 후렴의 저녁이 먼 주소처럼 서러워서 피라도 흘리고
싶었다

아침이 되자 내 몸을 빌려 울던 하얀 새들은 죽을 곳을 찾
아 떠나간다

잎사귀 위에서 반짝이던 악귀(惡鬼)가 조근조근 내 발목
을 깎아내기 시작했다

닫히지 않는 골목
―녹번동

주황색 공중전화 말고는 내 이야기를 들어줄 사람이 없
던 곳

정육점 도마 사이에서 흘러나오던 성 가족공장의 노래

초록(草綠)에 대해서는 침묵해야 하는 곳

연탄가스 마시고 죽은 앞집 수진이가 아직도 아홉 살인,
그곳

닫히지 않는 골목
—142번지

누구도 어제를 기다리지 않아서 쌓인 눈은 더러워진다

여섯 개의 조가비는 내가 당신에게 끌린다는 뜻이다

인어와 술꾼들은 오로지 죽음을 향해 헤엄쳐간다

할머니는 대상을 초월한다 모든 것을 견뎌낸 기억은

말이 아니라 소리에 가깝고 그래서 詩에 가깝다

구름 자체, 그것은 구름이 아니어서 더욱 구름답다

오래된 골목에는 기억으로 축조된 굴뚝이 여전히 자란다

그건 소문의 것이지만 나도 조금은 소유하고 있다

상징이란 대신(代身)의 뒤에 숨어 조용히 홀로 우는 일

혼자인 것과 혼자가 아닌 것이 대개 다르지 않았다

닫히지 않는 골목
— Cul-de-sac

뒤돌아보지 않으면 너는 감옥이다

이마가 아프다 하고 싶던 말들이 푸른 대문 앞에서 부스럭거렸다 주인이 돌아온 줄 모르는 도둑처럼

쓸쓸하여 나는 아무에게나 편지 쓰고 내 얼굴은 발산하는 나뭇잎을 닮아간다 망명하지 못한 엽신(葉身)들이 목에 괸다 모래처럼,

밀려들어와서 나는 퇴적되고 있다 뭉쳐질 줄 모르면서 가래처럼, 되돌아 나올 줄 모르면서

중세의 투구를 쓰고 머리만 자꾸 커져가는, 우리는 나무 아니면 촛불일 텐데

누군가 이쪽으로 또 걸어들어오고 있다 사막인 줄 모르고, 자신이 이 문장의 주인인 걸 모르고 지금이

아름다운 시월인 줄도 모르고

닫히지 않는 골목
─근린 분구의 일요일

이곳에선 이름이 의미가 없다 얼굴이 구분되지 않았으므
로 나는 너에게 편지 쓰지 않는다 거리를 지나던 사람에게
서 하루치의 햇살이 떨어져 내린다 누군가 마중나왔지만 아
무도 떠오르지 않는다 이별한 자(者)만이 완전한 희망이 된
다 추억이라는 구분되지 않는 무늬에 몸을 숨겨버렸으므로
놀이터에선 미련한 새끼들이 남의 새끼를 껴안고 울고 있다
울고 있는 울음이 다만 애처로웠고 어디선가 울려퍼지는 이
망종을, 한 번쯤 범하였을 이 생각을 우리는 무어라 불러야
할지 망설이다 코함(ko-ham)이 날짜변경선 근처를 서성일
때까지 입을 맞추었다 섞이지 않는 우리는 그저 몸을 조금
움직였거나 혹은 아름답게 흔들렸다 서로의 몸을 바꾸어도
꿈은 뒤섞일 것 같지 않았다

2부

발목이 없는 사람

비로소 11월이 11월을 앓기 시작했다

매일매일 매미
—돌아오지 않을 아이들에게

창문에 매달린 얼굴이, 매달린 얼굴이 당신이

계통수 사이 줄줄 흘러내리는 여름의 질병력이

지평선 너머 불행이 쏟아진다고 말하는 입이

살을 녹이는 햇살과 소용되지 않는 내일의 문법이

몸에 스며 되돌아 나오지 않던 바람의 결심이

죽어가는 숲과 잠재된 뿌리의 질긴 싸움이

허기를 배우고 재난을 익히는 아이들이, 그 눈이

말이 안 되는 말과 빛나지 않기로 작정한 빛이

그해 여름 목 밖으로 꺼낼 수 없던 앙상한 비명이

울어도 울어도 끝내 다 울지 못하는 치명이

창문에 매달린 얼굴이, 매달린 얼굴이 당신이

플라시보 당신

저녁이 어두워서 분홍과 연두를 착오하고
외롭다는 걸 괴롭다고 잘못 적었습니다 그깟
시 몇 편 읽느라 약이 는다고 고백 뒤에도
여전히 알알의 고백이 남는다고 어두워서 당신은
스위치를 더듬듯 다시 아픈 위를 쓰다듬고,
당신을 가졌다고도 잃었다고도 말 못하겠는 건
지는 꽃들의 미필이라고 색색의 어지럼들이
저녁 속으로 문병 다녀갑니다 한발 다가서면
또 한발 도망간다던 당신 걱정처럼 참 새카맣게
저녁은 어두워지고 뒤를 따라 어두워진 우리가
나와 당신을 조금씩 착오할 때 세상에는
바꾸고 싶지 않은 슬픔도 있다고 일기에 적었습니다

발목이 없는 사람

영혼에 관해 말할 때, 우린 자주 발목을 잃어버리곤 했습니다

발목이 사라져간 자명한 어제를 이제 상징이라 부르겠습니다

어디선가 물이 끓는데, 돌고 도는 목성의 얼음 떠 같은 영혼들

낯선 곳에서 잠을 깨는 일은 소멸에 가까워서 아름다웠습니다

문턱을 넘지 못하는 생각은 무너지고 나서도 다시 무너지겠죠

깊어지는 모든 것은 철학이 될 테고 자정은 비밀과 닮아갑니다

골목이 소매와 닮았습니다 점점 더 소문에 가까워지는 우리들

알아보겠습니까, 이제 물은 끓어오르다못해 넘치고 있습니다

당신을 설득할 생각이 없는 나는 당신 병이나 함께 앓았 ─
으면 했습니다

후생들

1

또렷하지 않은 생각들에 중독되어간다
어제 나는 당신에게 편지를 쓸 것이고 내일 나는
당신의 장례식에 다녀왔다 오랫동안 찾아 헤매던 금서
(禁書)를
헌책방에서 발견했을 때 거기 내 아들의 이름이 적혀 있
었다
수신하지 않는 안테나는 너의 성기다 나는 그만 슬퍼져서
무성생식의 벌레처럼 웃었다 어느 지하실에선가
새고 있는 수증기, 그 수증기의 참 착한 고독은
네 머리카락을 닮아 있다 목소리는 목도리로 퇴화한다
오늘 아침에도 커피를 마시다 조금 남겨두었고
분리되는 성분들은 별의 경로를 따라 휘어진다

2

폐기해야 하는 단어들에 관해 우리가 담론할 때 나는 자주
빗방울로 끊어진다 탄환처럼, 찢긴다 찢어진 구멍으로 햇살
이 스미고 한 떼의 물고기들이 S자로 휘적거리며 들어온다
내가 부표처럼 돌아누울 때 겨울이 온다는 문장을 이해하면
비로소 환(環)을 알게 된다 지구의 생물은 모두 돌아누울

줄 안다 안타깝지만 뒤로 그림자가 생겨났고 그래서 감정이
생겨났다고…… 여기까지 생각했을 때 현기증으로 아득해
졌다 나는 〈나〉를 폐기해야 한다고 말하고 문밖으로 나왔다

3

물고기들이 유영하는 오후가 뇌 속에서 떠나지 않는다
나는 한 번도 현생을 위해 지느러미를 달아준 적 없는데
나이가 들수록 미끄러운 생각들에 중독되어간다
이것은 내가 다음 생으로 옮아가려는 준비라 믿는다
저녁의 아내는 나보다 베란다의 식물들과 말하는 것을 즐
긴다
좋은 일이다 그것은 내 시보다 더 시적으로 은유된다
후생은 이종과의 교배를 허할 것이므로
퇴행한 웃음이 그 별에서는 성기라 불릴 것이다

과잉들

　그해 겨울엔 속죄하듯 폭설 내렸고 별처럼 나는 여러 번 집으로 돌아가지 못했습니다

　밤거리, 고깔모자의 가로등을 쓰고 걷다가 어느새 내가 어두워졌다는 것도 몰랐습니다

　평생 미안하다는 말을 너무 많이 했습니다 그때마다 한 겹의 옷을 더 껴입었던 셈입니다

　하루는 따뜻한 걱정들을 불러다 거한 저녁을 먹이느라 나는 한 숟가락도 뜨지 못했습니다

　길을 잃은 문자들을 수소문하다가 내 마음에도 골목의 무늬 같은 더딘 손금이 여럿 생겼습니다

　웃을 때도 울 때도 항상 곁에 살던 수많은 엄마들, 엄마라는 단어는 단 한 번도 랑그인 적 없었습니다

　망상과 식욕 사이 봄비가 붐빕니다 참 많은 당신인 것을 알겠습니다 아픔이 몰라볼 만큼 나는 살찌겠습니다

　몸이 되기를 거부하는 거대한 결핍으로, 당신이 의식하지 않는 소소한 배경으로 천천히, 나를 소멸해가겠습니다

습관들

1

모래를 씹으며 당신을 생각한다
잠깐이지만 아직도 이 별에는 꽃들이 지고 핀다
어느 순간에는 귀가 커지기도 했지만 그렇다고
불행이 사라지지는 않았다 내가 내게로 불려와
무릎을 꿇는 밤에는 순리처럼 무책임한 단어가 없다
모를 일이지만 그건 꽃들 스스로도 고백할 슬픔이 있다
는 말처럼 들린다

당신을 생각하면 모래가 씹혔던 것인데
지금의 나는 모래를 먼저 씹는다 입은 귀가 없어서
내 말을 귀담아듣지 못하고

2

폭식 후에 구토, 수렴 후의 발산, 코기토 후의 숨, 그리고
마침내 긴 한숨

3

이제 가끔은 모래를 씹어도 당신이 오지 않는다 슬프지만
어렵지 않다 이 문장은, 무언가 이상한데 모르게 자연스
럽다
그저 꽃 질 때까지 봄이 오지 않은 것이라 쓰자 꽃과 봄
이 그러하듯
당신과 모래의 관계에 대하여 나는 별별 의심 해본 적이
없다
무랍 던지듯*, 또 사막까지 걸어들어왔다 나도 모르게

* 1_ 관상어가 죽었다. 관상어는 죽었는데 나는 출근을 하고 다시
퇴근한다. 생각한다. 나는 왜 집으로 돌아가는가, 혹은 나는 왜 어
디론가 자꾸 돌아가는가.

2_ 습관과 직관 정도는 구분할 수 있는 나이인데 습관의 지지부진
과 직관의 신비주의는 묘하게 한편이라는 생각이 든다. 사막의 모
래와 바다의 그것이 그러하듯.

3_ 나이가 들수록 생각을 생략하는 것들이 많아진다. 가령 내가 당
신에게 가거나 당신이 내게로 오는 길들, 길들여진 우리는 순한 저
녁처럼 서로를 안고 운다.

4_ 이 별에서 나는 깨달았다. 때로 생각의 주체는 내가 아니며 생각
이 오고 싶을 때 온다는 것을, 강박처럼.

5_ 습관의 거처는 물론 반복이다. 내 삶의 일정 부분을 그는 감당하고 관여한다. 반복은 진화하거나 변질되기 쉬워서 내 삶도 다정하게 썩기 쉽다.

6_ 나는 가까스로 내 詩를 변명한다. 혹여 직관이 아닌 습관으로 지저귀고 있지 않은가 반성한다. 습관은 천사 아니면 괴물, 셰익스피어의 말이다.

7_ 다른 별에서 보면 관상어의 죽음조차 습관일지 모르고 모른다는 이 생각조차 습관일지 모른다는 강박이 꼬리를 문다. 어느새 나는 또 미끄러진다.

8_ 그렇다면 습관은 우주의 것이거나 모든 존재의 것이겠다. 나도 모르게 누군가 내 삶을 대신 살고 내 명함을 내밀고 어디선가 나는 당신이라고 말해진다.

9_ 무서운 일이다. 그러나 습관에 세 들어 살 수밖에 없다면 부디 사람에게만은 길들게 되지 않기를 희망한다. 왜냐고 묻다보면 나는 다시 집에 돌아와 있다.

10_ 꽃도 모래도 관상어도 나도 당신도 모두 동어반복으로 저물고 있다. 관상어에게 명복을. 당신에게 다행을. 끄트머리엔 늘 한숨이 어울린다. 무람 던지듯.

메모들

詩의 이곽(耳郭)과 가장 유사한 것은 모래 아닐까,

말로 도강할 수 없는 정념, 재(災)의 문장, 그건 유령인가?

냉장고에 불고기 재워놓았다 사랑한다

후문 쪽으로 돌아나가는 눈 덮인 운동장의 배후는?

상처가 또다른 상처를 만드는 사람의 행태

사람에 대한 관찰은 미음처럼 적어도 디귿처럼

날씨 흐림, 서정이었던 것들은 이제 다시는 서정 아닌 건가?

아이스크림은 모래가 되고 싶고 질문은 위로가 되고 싶지*

우리는 조금씩 느꼈다 아무것도 변화하지 않는 것을

안개를 이해하는 새벽의 나무들, 불면 아니면 불멸

정도 많고 병도 많은 지구에서 조급하지 말기

덜컹거리는 뒷문의 궁정을 듣네, 오늘 저녁은 불고기

유령아 나는 네가 올까 가끔 창문을 열어두고 잔다

물한년한 이 식탁, 최초의 말후구(末後句), 불가촉적 함(函)

* 이 메모는 「후생들」(64쪽)의 일부분이 되었다.

아가미

#a

사랑은 네 기억 속에서만 유효했던 어둡고 서늘한 혁명

아코디언 연주가 그렇게 시작되고

나와 너의 고막은 침묵으로 찢어졌다

다정한 매춘부들이 다가와 과거를 문진하고

읽을 수 없는 무늬들을 그려놓고 법사들이 떠나갔다

턱밑에 모인 짐승들이 사라진 시간의 문장에 대해 연구
했다

입에 물었던 물음표를 최초의 슬픔이라 기록했다

밤마다 살진 울음들이 줄줄이 딸려 올라왔다

#b

겨울이 발광했으므로 제법 잘 정련된 물고기의 비늘과 키

스했다 아침부터 외로워져서 나는 이별한 애인에게 전화하
고, 미친놈아 끊어, 끊어진 수화기에 대고 휘어진 물고기의
등뼈에 대해 읍소했다 수조는 부레를 갖지 못했고 물고기들
은 내 눈의 연민을 참아내느라 분주했다 이빨 같은 다정
(多情)이란 없었다 깨진 유릿조각 사이 물고기의 뺨을 전생
인 듯 쓰다듬었다 입을 벌릴 때마다 턱에서 소리가 났다 가
릉가릉 목구멍은 붉은 춤의 고양이들을 게워 올렸다 누군
가 내 턱을 열고 눈물을 꺼내가고 있었다 사랑이 뭔데? 처
음 보는 구름이었다

　창밖 임도를 따라 앰뷸런스가 들어오고 있었다

수목한계선

햇빛이 들어오지 않는 방구석에서 종일 연애했다

겉장을 문지르면 따뜻한 물이 흘러나오는 그런 시집은 없을까

고작 몸에 꼭 맞는 고독으로 예견되는 우리가

형이상학의 계통수처럼 마주 걸려 있어서 잠깐 웃었다

표정처럼 숨겨지지 않는 행불은 없을까

미친듯 자라 어디가 끝인지도 모를 그런 영혼보다는

절정에서 멈추어지는, 더 가지 않는, 표본 되는, 그런 따뜻한 불행은 없을까

어둠 속에서 흩어진 성기와 찌그러진 유방을 찾아 입는 동안

형식을 얻지 못한 물음들이 따독따독 잎으로 돋는다

창문이 생략된 방에서 계절은 냉장고처럼 다시 돌고

우리는 이대로 남극까지 흘렀으면 싶었다

당신은 쓸쓸한 내 詩가 싫다 했고 나는 사람인 내가 싫
었다

질서들

1 뒤에 2가 앉아 있다 언제나 3은 2의 뒤에서 까치발로 서 있다 그 말랑말랑한 얼굴들 틈에 나도 당신도 K도 있다 추운 아침에 당도하는 편지는 언제나 침묵에 관한 것이다 묵언의 동선들, 가령 긴 얼음 상자가 화장로(火葬爐)로 향하고 그 뒤를 검은 그림자들이 줄 잇는 그런 풍경, 화장(化粧)은 피로하지만 문득 날아온 부고와 악수하고 꽃들이 서서히 죽어나갔다 사라지는 현실은 아름답다 그 어떤 질서도 없어 보이는 문장에 없는 것은 질서가 아니라 현실이므로, 목 졸리는 현실은 아름답다 꽃핀 뒤에 눈 오는가 눈이 내린 뒤에 꽃피는가 대답 없이 2는 1의 뒤에 앉아 흐르는 강만 바라보고 있었다 내가 본 것이 당신인지 K의 뒷모습이었는지 구분되지 않았으므로 나는 안도했다 추억하는 질서란 그랬다 1의 흉내를 내며 뒤돌아서 있는 4나 물구나무선 5에 대하여 생각해보지 않았던 것은 아니지만 그건 이번 생에서 언급할 자세는 아닌 건가, 뇌피부터 강물은 얼기 시작했다 K의 편지를 받은 날 아침 나는 연한 물고기로 서서 당신의 장례식에 입고 갈 검은 양복을 다리고 있었다 강박의 옷을 걸친 순서들, 먼저 사라지는 2나 3의 얼굴은 아름답다고 답장을 쓰고 내가 만든 가장 질서 있는 문장이라 추신했다 내가 아는 현실이란 겨우 그런 것이었다 함께 묻어주고 싶은 눈물은 그 겨울 어디에도 없었다

파한(破閑)

마음을 씻고 새벽을 곁에 누이면 아, 가려워 귀에서 꽃들
이 피어나곤 했다

그림자가 사라질까 그늘을 피해 걸을 때 우리는 어느새 여
럿이 걷고 있었다

경력에 대해 물어봤다면 나는 호주머니 속에서 무리의 안
개를 꺼내 보였을 텐데

한 번도 보지 못한 계절을 웃음이라고 말하며 너는 떠나
가고 있다

자고 나면 손가락에 손가락이 붙어 자랄 거야 선인장은
톡톡 쏘며 말하고

귀에서 떨어진 꽃잎의 글귀들을 읽어내느라 내 몸은 아직
현생(現生)에 머물고 있다

이 한가로운 산책이 아름다운 것은 거듭 이별을 고하던 애
인의 입술 때문이다

나무 호텔

그러므로 나는 오늘 지루한 사막을 가득 메운 모래가 아
니다

백자의 비명, 귀가 자라 작년의 소리를 듣는 나는 그러나
로비가 아니다

잘 지내느냐고, 차마 물어볼 수 없는 낙엽의 손끝은 나이
테가 아니다

객실은 일말의 가능성을 열어둔 무기력이 아니며, 혹은
끝없이 자라나는 허공도 아니다

일단 새들은 내가 아니다 바람 아니면 아무것도 아니라
는 심정으로 나는

나무 꼭대기에 걸린 단 하나의 죄에 대해 읍소했지만, 사
실 그것도 詩는 아니었다

그러나 저기서 하룻밤 묵어가는 별이 미쳐 있는 것은 아
니다 아니므로

너무 작아서 너에게 가닿지 못한 내 목소리가 내일의 모
래는 아니다

나무 호텔은 나무도 아니고 호텔도 아니다 아닌 것들의 밤
이 넓고 유순하다

발산하는 시

무언가 증식한다고 느끼는 밤, 눈 온다
취한 네게 내 손가락을 먹이던 밤이다

그것도 나무라고
한꺼번에 새들을 쏘아올리던 자잘한 나의 계통수

소문*이 아니라면 설명할 길 없는 우리, 우리는
작은 점 하나에서 장히 왔다 여기까지

그리고 아픈 남자만 사랑하던 여자의 남자들
여자가 아껴 먹던 저녁의 국수들

혼종을 발음하면 따라오는 죽이나 밥
불어나던 다중의 의태들, 웃으면서 너는 운다

낭인(浪人)이 점괘를 쥐여주고 떠난 일요일 오후
슬픔이 점령하는 작고 귀여운 너의 식민지

* 어쩌면 이 시와 당신은 무한히 번식할 것만 같다. 잠에서 잠으로
만 옮겨가는 어떤 병처럼 음계에서 음계로 넘어가는 집시처럼 감염
되고 중독되는 감정들은 언제나 나보다 몇 걸음 저 앞에 가 있다.
긴 잠자리채 같은 내 도덕이 우스꽝스럽다. 그러나 감정이 발산할
수 있음은 여전히 다행이다. 때로는 수분처럼 스몄다가 또 때로는
불꽃놀이처럼 공중분해되기도 하고 마침내 화마로 분해 활활 타오
르기도 한다. 당신에게 가기도 하고 못 가기도 하면서 변덕으로 다
복해지는 몽마(夢魔). 그러므로 나는 떠나서 되돌아오지 않는 감정
들을 평생 기다리며 부끄러워야 한다. 수오(羞惡)란 원래 거울의 속
성을 지녔지만 거울을 오래 겨울처럼 지니다보면 우리는 하나처럼
더워진다. 다시 예감컨대 이 시와 당신은 무한히 내게로 수렴할 것
같다. 그러니 나는 견뎌야 한다. 나의 수오가 나보다 더 부끄러울 것
이므로. 나도 사람이라고 12월에는 행복해지고 싶었다.

분홍을 위한 에스키스

설득하지 못한 우리는 각자 어두워지기로 했다
2월이라고 써도 되고 자멸이라고 해도 괜찮았다

꽃들은 벌써 겨울의 향을 지워버렸다
부어오른 목처럼 부자연스럽게, 저녁이
오고 있었다 사랑 아닌 것을 사랑하고
고통 아닌 것에 고통하고 분홍 아닌 것에
분홍하다가 결국 누구도
분홍의 내부로 들어가지 못했다 분홍은
분홍이 아닌 것을 견디는 것, 분홍은
분홍인 것을 스스로 모르는 것, 분홍은
다 흩날려 몇 개의 상처로 남는 것,

부어오르는 저녁처럼 부자연스럽게, 분홍은
분홍의 향을 지워버렸고 우리는 각자 어두워져갔다
마치 그것이 분홍에 대한 예의인 것처럼

생강 혹은 생각

생강을 분명 거기 놓아두었는데
다른 생각에 골몰하다 놓쳐버린 생각들,
흰 것이었는지 노란 꽃을 닮았었는지 아니면
주르륵 흘러내리는 것이었는지 생각은
생각처럼 쉽게 돌아오지 아니하고
어쩌면 처음부터 거기 두지 않았던 건 아닌지
이해할 수 없다는 듯 먹먹한 나의 생각을
생각 없이 잊어가는 또하나의 생강이 있다
지워질 수 있는 것이라면 그것은
흑연의 성분을 가진 늦은 저녁이었는지
이미 안개처럼 번져 하얗게 증발해버린 건지
꽃같이 외롭게 피어나는 것이라면
노란 꽃으로 한번 흐드러지긴 했었는지
그것도 아니라면 나는 왜
거기 놓아두었던 것이 생강이라 생각했었는지

당신을 거기 두고 온 이후
발가락에 발가락이 붙어 자라는 생각에 나는 매워서

3부
목요일 혹은 고등어

미안합니다
또 한 그루의 불편을 심어놓고
저녁의 당신을 기다리고 있습니다

나비 운용법

홀로 나는 부끄러워 몇 번이고 얼굴을 감싸쥐다 무릎 사이에 귀를 묻다 생각한다 죽고 싶다……, 이것은 다시 사춘(思春)인가

어떤 사랑도 아름답지 않고 어떤 중독도 마침내 시들해질 때, 나는 편견이 없는 연대의 한 마리 나비가 된다: 그것은 두 치 정도의 생물로 마치 넓은 소매를 펄럭이듯 하늘에서 움직이는……, 이라고 목인에 의해 처음 기록된다 공중에서 누구도 살지 않을 때 나는 기괴한 음악이거나 오염되지 않은 공포다 영어(囹圄)에 든 채 당신에게 가거나 혹은 가지 못한다 가는 일이 부끄러워 못 가고 가지 못하는 것이 부끄러워 못 가지도 못하고 가지도 못하는 부끄러움으로 마침내 죽고 싶다고…… 나는 여러 번 처음으로 자살한 어떤 연대의 나비가 된다: 그것의 불가해한 무늬는 문자를 닮았으나 문자 아니고 마치 소리를 붓으로 그려놓은 듯한……, 이라고 당신에게 음각된다

페이지가 한 번 펄럭일 때마다 백년이 흘러갔다 두 귀는 날개의 퇴행이므로 바람소리가 끊이지 않았다 부끄러울 때마다 전생의 무늬가 붉게 떠올라 나는 무릎 사이에 얼굴을 묻었다 물론 나비는 아무런 죄가 없다

#b

나비는 죄가 없으나
침묵과 놀며 창문을 존경하고 요절을 동경하다가
버스 한 번 타면 갈 수 있던 당신에게 못 간 시간을
이제 나비라고 불러야겠다

호명하기 어려워 꼭 쥐고 있던 성대와
붙잡을 수 없어 귀가하던 손금의 불안한 무늬조차
이제는 나비라고 하자 나비라 부르면
왼편에서 당신의 월요일이 시작되고
동시에 오른편에서 나의 일요일이 저물 것이므로
갑상(甲狀)의 아이들이 돌멩이처럼 졸고 있는 사원과
슬픔으로 부풀어가는 사거리 가로등 사이에서
나는 저울 같은 잠으로 오래 경련할 것이니

내가 당신에게 못 가던 발작의 시간들을
간단하게 나비라 쓰자
봄의 이곽을 떠도는 추억의 고요를 나비라 읽자
용서는 바라지도 않을 이번 생엔
영원히 마음의 정처를 얻지 못할 것이므로

그러니 나비라 부르자 당신과 나 사이

—   창궐하던 층계를, 찬란히 피던 실패의 전부를

—

2월

길옆 사시나무가 떨고 있어 품에 안고 돌아왔으나

집으로 돌아와 펴보니 한 잎 낡은 여자였다

여자를 씻겨 저녁의 옷걸이에 걸어두었는데

젖은 말투가 바닥을 적셔 내내 겨울이었다

열린 창을 닫고 마저 내 귀를 닫고 북어의 몸에

불 꺼진 문자의 옷을 입혀주었다 달빛을 입고

노랗게 구워지는 물신(物神)을 바라보다가

깨어나니 여자는 사라지고 낡은 편지가 놓여 있었다

잃어버린 2월의 이틀이 거기 곱게 접힌 채 들어 있어

미치지 말자 미치지 말자 주문을 외워보는 밤마다

한 움큼의 구름과 맹세가 텅 빈 천장을 떠돌았다

2월엔 어떤 불립(不立)의 무늬도 거짓이 아니었다

목요일 혹은 고등어

—가령, 사람만한 고등어 두 마리가 카페에 마주앉아 있는
그런 풍경,
사람들은 그 신기한 풍경에 놀라 사진을 찍어대고
둘은 아랑곳없이 대화를 이어가는, 그런 목요일

몸에서 물이 흘러 바닥을 적시듯 그렇게 만납시다 사탕이
잔뜩 묻은 궐련을 쥐고

수요일은 이르고 금요일은 조금 늦고, 그러니 목요일쯤
만납시다 새벽이 고인 사발을 들고

수요일은 어리고 금요일은 우리가 너무 늙어 있을 터이
니, 그러니 목요일쯤 만납시다

어제까지의 등 푸른 이별 이야기를 나누고 희롱받은 혀와
살 몇 점을 술잔 두어 개에 나누어 담게

반쯤 마시고 또 반쯤은 거기 남겨둘 수 있게, 추분이나 동
지 같은 근심의 귀를 이제 열어두게

수요일까지 우리가 살아남은 기적에 대해, 그건 거의 마
법에 가까운 일이었다고 의뭉떨게

그렇게 우리 목요일쯤 만납시다 사랑이 아니었거나 혹은
사람이 아니었거나 그러나

사랑이거나 사람이어도 괜찮을 목요일에, 마치 월요일인
것처럼, 아니 일요일의 얼굴로

흘러내린 표정이 바닥에서 말라가듯, 유통기한이 딱 목요
일인 쓸쓸한 통조림처럼 우리,

목요일 혹은 고등어, 그후

그곳에서는 진화하지 않는 동선을 등에 문신하고 그것을 파루(罷漏)라 부르더이다

관념의 저수지로 다가와 물만 먹고 달아나는 다람쥐의 소슬한 걸음걸이

희미한 의식이 홀로 인적 없는 새벽을 배회하는 휑뎅그렁한 풍경, 속에서 우는 물고기

어둠이 창궐하는 길, 흉가의 방문(榜文)을 모사하는 문장들이 나무마다 걸려 있다

그 시간에 이르면 발목이 없는 악귀와의 장난을 역역(力役)이라 부른다 하더이다

곤(困)

결별을 겪은 몸을 벽에 걸어두고 나니 어제 입었던 연민
은 금세 지루하고 비대해져버렸다

거울 속에 갇힌 겨울 속에는 당신이 인증해준 읍소가 있
어 이제 계절과 상관없이 나는 춥다

당신은 무슨 말인가 하려다가 그만두었고 그건 정련된 농
담 같아서 우린 눈으로만 웃었다

입안에서는 소란한 나무들이 자라 입을 벌릴 때마다 낙엽
이 검은 기척들을 안고 쏟아졌다

문장을 버리고 다정을 폐기하고 이제라도 남은 겨울을 멀
리 남극까지 흘려보낼 수는 없을까

모든 삶을 가사(假死)라 하고 유빙 위에 누워 길고 긴 펭
귄의 노래를 부르고 싶어 우리,

아픈 것들만 골라먹으며 왔지, 몰(沒)은 어떤 몰(歿)이 되
고 나는 잠들기 직전에만 잠깐 희열했다

다시 만난다면 그땐 누워 누워서 세상에서 가장 긴 밤을
건너가자 나의 말들아, 나무야

후생들

곤: 입속에서 나무가 자라나는 동안 아이스크림은 모래가 되고 있습니다

혹: 목에 걸린 방울을 떼어두고 그 밤, 고양이는 제 질긴 손톱을 생각합니다

곤: 발굴을 거부하던 삼엽충이 오늘 흙을 툭툭 털어내며 물가로 다가갔는데요

혹: 아내는 보드라운 앞치마를 벗고 나는 익숙한 문장들을 벗으려 하던 밤입니다

곤: 눈이 재고처럼 쌓이는 겨울이고요 질문은 스스로 위로가 되길 원합니다

혹: 빈방을 울리는 전화는 다른 종자의 고독한 더듬이를 꿈꾸고 있습니다

곤: 지극한 타인이 되지 못했다는 사실이 이 별에서 겪은 당신의 유일한 한탄입니까

혹: 유비(類比)는 슬프고 어쩌다 내 손은 자꾸만 죽은 나뭇가지를 닮아갑니다

부기우기(附記雨期)

쏟아붓던, 당신 생각이 잠깐 그치다

검은 일기장 위 흘러가던 문자들이 잠시 반짝거리다

꿈틀 고개 내미는 추억의 지렁지렁, 사랑 아니던 날들보다

사랑이던 날들이 더 슬퍼서 구름은 신발처럼 무거워진다

약은 왜 달게 만들지 않는 것일까, 물었던 물길로

걸어들어가면, 기억이 기억하는 수많은 답장보다

내 부고가 먼저 당신에게 가닿을 것 같은데, 둥기둥기

타악기 같은 두통이 혼자 비 그친 여름을 건너가다

나는 여기 비 맞은 유리창처럼 서서 홀로 땀을 흘리다

감정의 경제

표정을 지우고 하루를 결제합니다 슬픈 날은 기쁜 날을 위하여 남은 고요를 저축합니다

아껴두었던 웃음이 때로 잔전(殘錢)처럼 흩어지기도 합니다 그 소리들은 너무나 자잘해서 잘 더해지지 않습니다

원금에 이자를 더해 어느 날 토마토는 기록적으로 폭발하고 그런 날은 붉은 눈물로 빚을 갚습니다

울음 때문에 좁은 골목이 붓고

기침 같은, 탄식의 문장을 말리듯 나는 종일 햇살 아래 서서 깨문 입술의 복리(複利)를 계산합니다

어딘가로 이체된 층층의, 불연속적 불편, 그 심급의 계단을 오르다가 오래전 접어둔 한 장의 창문을 생각해냅니다

저 하늘, 살 수 있나요? 구름은 어제보다 상승해 있고 오늘도 우리의 감정은 고독의 하한 근처를 서성거렸는데요

바닥났던 잔고의 겨울나무들이 꽤 살 만해진 여름입니다

가을까지 좀 기다려주겠습니까? 당신에 대한 나의 기색

(氣色)은 근처 단풍나무에 넣어두겠습니다   —

경계들

며칠째 비가 내리는 오늘은 빗방울도 졸고 있습니다 지형도와 일기도를 겹쳐놓고 당신을 기다립니다

소멸은 비와 어울리지 않습니다 뼈와 살이 한데 어우러지는 그런 슬픔을 자정엔 덮습니다

당신에게 편지 쓰는 대신 대문에 페인트를 칠합니다 곳곳에 튄 얼룩들을 지우고 싶지 않습니다

자주 꿈과 오늘이 구분되지 않습니다 안과 밖이 모호합니다 물매를 따라 구름의 체취가 흘러내립니다

상처투성이였던 당신이 토마토보다 물리적입니다 오후엔 물시멘트 비가 무지개보다 아름답습니다

아름답고 동시에 우리는 불안합니다 풍신(風神)을 섬기는 어깨 위에 오늘도 한 채의 집을 지었다 허뭅니다

연대하는 것은 대개 한꺼번에 붕괴합니다 집이 우산보다 더 피로합니다 며칠째 비는 계속 내리고

자주 집과 몸이 구분되지 않습니다 두렵습니다 건물이 나를 토해내고 토마토는 있는 힘껏 썩어갑니다

결핍들

손가락이 네 개라서 슬픈 밤, 네 개의 손가락이 유언장을 쓰고, 마지막은 그렇게 오는데 도대체 누가 없는 건가요?

이 빈약하고 다복한 밤의 집회, 둘씩 둘씩 짝을 지어 생각 할까요? 하나가 나머지 셋의 수장이 되면 어떨까요?

주먹을 쥐어봅시다 다시 손가락을 펴보고, 가위를 만들어 봅시다 다 됩니다 이것이 돌이킬 수 없는 역사인 건가요?

소용돌이로 만든 얼굴, 그걸 좀 가지런히 펼쳐봅시다 인 식되지 않도록, 물이 되어 흐르도록, 물이 되어 흐르다가 갈 래갈래 나누어진다면 그 또한 진실입니까?

다섯 개가 아닌 네 개로 사는 일, 하나가 사라졌지만 그래 서 더 또렷해진 우리의 밤, 이것은 진실이 아닌 것과 거짓의 차이, 하나는 마지막까지 슬픔입니까?

손가락 하나를 잃긴 했는데 도대체 누가 사라진 건가요?

착각들

나의 확신에는 나를 흔드는 적이 있다
—파블로 네루다

그곳으로 가는 통로는 반드시 이곳을 통과해야만 한다는
군요 흐를 수 있겠습니까 당신은?

입속에서 우산을 꺼내듭니다 진실을 꺼내는 것보다 그편
이 쉬우니까요 당신 떠난 자리에서 울고 있는 저녁을 줍습
니다

사실 모두가 구분되지 않는 슬픔들이지요 소매 접듯 장담
하는 사람들도 가끔은 일기를 쓰다 밀가루처럼 잠이 듭니다

나로 인해 당신이 행복했다면 내 이마가 빛났던 탓이겠
습니다 비옥한 불행의 뜰 앞에 오늘도 나는 몇 그루 착각
을 심습니다

추후에 누군가는 해바라기를 볼 것이고 누군가는 그것을
악몽이라 부를 테지요 이제 편지처럼 접을 수 있겠습니까
저녁을? 그렇다면

참 아름다웠던 당신을 유리병 속에 불어넣고 마개를 닫아
두겠습니다 당신은 영원히 아름답겠지만

먼지처럼 나는 무거워집니다 생각은 구름의 편이어서 나
는 오늘도 오늘을 통과 못합니다

당신의 생각은 생각처럼 가두어지던가요?

나의 확신은 상상을 향한 질투에 불과합니다 사실 생각은
달아날 생각도 없는데 말입니다

강박들

그날이
그날의 당신이 버스가 꽃이 프랑수아즈 아르디가 스타킹이
프랙털이 원숭이떼가 어떤 범론이 개론이 개 목걸이가
다와다 요코가 바다가 이민이 파도가 너울이 두통이 호흡이
그렇게 울음을 제유하는 묵언들이 왈칵,

쏟아져 내리는 나의 본가엔

당신이 버리고 간 구두가 흐트러지지 않도록 조심스레 돌
아가는 지구가 있고

여전히 한 척의 배를 띄우지 못해 얕은 강가에서 놀고 있
는 아버지가 있다

머리 흔들고 손 저어도 붙어 떨어질 줄 모르는 몇 편 검은
햇살 같은 절망이 있고

그런 당신의 오후를 방해하지 않기 위해 자진하여 부근이
나 근처가 되어가는 발 저린 풍경이 있다

대문 밑 혓바닥처럼 밀려들어오는 고지서들, 참 더딘 고
독들, 온다 안 온다 온다 안 온다……

아직도 나의 현관엔 모든 결심을 물시(勿施)하려는 외풍
이 다정하고

홀수를 점치는 저녁이 이토록 서늘한 것은 열어둔 채 떠
나온 당신의 마음 때문이겠다

비무장지대

지겨운 머리통을 욕조에 넣고 질식시킵시다 얼룩처럼 지워지지 않은 당신을 표백제에 담가둡시다

나의 권태, 당신의 음모, 우리의 이데올로기 검은 물이 다 빠져버린 새벽에는 휴가를 떠납시다

하늘을 자를 만한 커다란 가위를 준비하고 당신을 오직 당신에게서 오려봅시다 돌진합시다

벽을 향해, 뾰족한 끝만 생각합시다 당신의 머리핀 걷잡을 수 없는 무덤, 우물의 천장까지 가닿는 날카로운 촉(觸)

거기 박쥐처럼 거꾸로 매달린 물방울로 밥을 지읍시다 목구멍에 평화로운 천막을 치고 오래도록 죽읍시다

빼곡히 설치된 트랩에 즐거이 발목을 끼워 넣고 분수처럼 솟아오르는 핏물을 받아 음료수를 만듭시다

제가 가겠습니다 재클린의 눈물을 흥얼거리며 썩은 빵가게를 들러서 가겠습니다 만찬을 준비합시다

맞불을 준비합시다 이번주 금요일입니다 월요일이어도 관계없습니다 흔해빠진 저녁을 변기에 넣고 물을 내립시다

소용돌이칩시다 소침한 뇌의 단면, 무의식의 들판에선 새
들이 한꺼번에 날아오르겠습니다

매독을 앓는 애인

秋.

예감들이 가렵다 지난여름 물이 차올랐던 흔적이 누워
있던 당신 배꼽 부근에 선을 그었다 세월이 나를 여기 이앙
한 날들로부터 수없이 흘러간 바람의 지문들, 숨어 있기 좋
지요 숨어 있기 좋다는 건 나에게서 가장 멀리 있는 어둠과
제일 가깝다는 말이니까요 근친은 가진 구름이 많아 비와
바람이 잦습니다 저는 사업자가 아니니 양도세만 물겠어요
구청을 돌아나오며 우리가 물려받은 가장 아름다운 유산은
병이 아닐까 생각했다

冬.

태양은 책 속에서만 빛났다 금방 사라진다 공포가 기능하
지 않는 악마는 내가 끼적이던 문장을 닮았다 서럽게도 그
러고 보니 대체로 화분에 꽂힌 식물은 말이 적다 생각지도
않았던 생각들이 피어나는 감염의 계절, 병을 가지거나 혹
은 잃은 다음에야 병은 온전한 우리의 것이 될 것이므로, 네
게 달라붙어 있는 수많은 구름들을 나는 경배한다 너의 다
리에 붉은 꽃 피어오를 때 눈 내리는 창문은 사랑하는 매미
의 복안(複眼)처럼 흔들렸다

사랑에 관한 짧은 몸살

독감에 걸린 밤이다 아주 오래전 내가 여기 살았다는 것
을 이곳에 와서 확신했다 라디에이터에서는 텅— 텅— 낡은
공기가 연신 주먹질을 해대고 신발도 벗지 않은 채 몇 겹의
옷을 껴입고 나는—쉴새없이 기차들이 중앙역을 나가고 들
어왔지만—어디로도 떠나지 않는 허름한 양철 침대에 누워
詩의 나라로 간다 편안하다 지독하게 편안하여 아프다 이곳
이 나의 전생이 아니라면 이국의 먼 눈밭에 어찌 몸이 먼저
아프겠는가 몰다우 몰다우 중얼거리면 내 안에도 깊은 강이
흐르기 시작하고 도강하는 창밖 폭설에 깊어진 病이 살갗을
빠져나와 까를 까를 울부짖는, 이제는 당신마저 임리(淋漓)
한데, 조금만 더 떨면 첼로의 커다란 몸처럼 나도 소리를 낼
것만 같은 겨울밤, 곱게도

내가 미쳐 있다는 것을 이곳에 와서 알았다 나와 당신과
착란이 삼중주로 깊어가는, 프라하 프라하 파리한 내 입술
떠는 소리 듣는다 독감 걸린 밤이다

강점기(强占期)

별들 무수한 마당에서 우리 나눌 것이 섹스밖에 없었을 때

자니? 내가 너에게 물을 때, 여전히 내가 너를 잘 모를 때

별빛이 젖은 이마를 만지고 검은 씨앗의 근미래를 점칠 때

그냥 웃어야 할까? 모아둔 알약의 유통기한이 막 지났을
때

피학이 피학의 뒤를 밟을 때 여태 우리가 비언(鄙言)일 때

신비한 병질의 몸놀림에 허기질 때, 하여 아직 견딜 만
할 때

몽담(夢譚) 같은 물고기 되어, 눈치 없이 예쁜 아가미 되어

네 손에 연한 숨을 넘겨줄 때, 떨며, 이번이 마지막이라
고……

나, 철없는 도둑처럼 흐느낄 때

4부

무서운 아이스크림

미래엔
서늘한 미스터리와 따뜻한 불행들을
방방마다 가득 채워두리라, 불행하게도
이미 끝났다고 생각하는 것은 여전히 끝난 것이 아니다

가정동

夏.

상처가 상처를 안아 재우던 밤으로부터 멀리, 왔다 북항의 가로등은 성큼성큼 건너가고 있었지만 끝내 우리는 어떤 예감도 수정하지 않았다 상처는 거기 남았고 다른 상처는 상처를 떠나 주소를 옮겼다 소란과 침묵이 동색일 때, 내가 아끼던 노래는 후렴구만 남았다

冬.

새는 나무 끄트머리에 앉아 있었다 그날도 나는 닿을 수 없는 높은 음표의 노래들만 베꼈으므로 새는 날아가면서 운다 그리고 닿을 수 없는, 가서 닿을 만한 곳을 다 잃어버렸을 때, 새는 공중에서 죽는다 그렇게 하나의 몸이 증발되었다고 11월의 수첩에 나는 적었다

夏.

사랑이란 게 지겨울 때가 있지, 지겨울 때가…… 뒤의 노랫말이, 생각나지 않았다 잔뜩 매단 안부로 휘어지는 나무 뒤로 어느 순간 새벽은 다 보인다 저 깊은 곳에서 나를 바라보던 자의 얼굴은 지워졌지만 우리가 우리를 먹고 우리를 토해내던 한 시절의 무더운 정담

冬.

그때, 12월은 내리지 않는 눈의 변명으로부터 시작되었고

펼치거나 마주하지 않아도 증발되는 이름이 있음을 알게 되 ⎯
었다 그렇지 그렇지 별자리들이 정수리 위 둥근 나이테를
칠 때마다 나는 나무 밑에 밀린 오줌을 누고 한 움큼의 백야
를 먼 북쪽의 하늘로 돌려보냈다

각성

어느 순간 그릇이 손을 이탈하여 깨어지는 일,

그렇게 당신을 보내고 나는 비로소,

오늘까지 보던 것을 이제 오늘로 끝내는 일, 부레 없는 물고기가 되어,

돌아보면 외로움을 견디는 것이 나의 시작이자 끝이었다고,

그리하여 흙으로 돌아가고 싶던 그릇의 마음을 헤아려보는, 그런 온순한 일 따위는 아니고

가령 그것은 어둔 하늘을 반으로 가르는 번개의 일, 손목이라도 그어,

불이 되고 싶은 아이들이 공터에 모여 비를 맞고 있다

어른들이 모두 사라지기를, 나는 여러 번 기도했었다

그런 내가 아직도 살아 있다는 사실을 믿고 싶지 않은

오늘, 나는 그렇게 당신을 보내고 어쨌든 비는 구름의 각성

K의 부엌

이제, 불행한 식탁에 대하여 쓰자 가슴속에서 울던 오랜
동물에 대하여 말하자

가령 상어의 입속 같은 검은 식욕과 공복의 동굴 속에서
메아리치는 박쥐의 밤들

들개의 허기, 늪처럼 흡입하는 아귀의 비늘과 그 비늘이
돋는 얼굴에 대하여 말하자

하여 그 병의 딱딱한 틈에서 다시 푸른 순(筍)을 발음하는
잡식성의 세계사에 대하여

말을 가둔 열등한 감자와 그 기저의 방 속에서 끝내 다복
할 주검에 대하여 말하자

기어이 우리의 모든 숨을 도려내고야 말, 아름다운 칼들
가득한 K의 부엌에서

딱딱하게 굳어 마침내 기괴한 신탁의 소리를 내고야 말 우
리의 혀에 대하여 말하자

간이나 허파 따위를 담고 보글보글, 쉼없이 끓어오르는
냄비 속 레퀴엠에 대하여

—

　말하자, 우리가 요리하고픈 우리의 부위, 왼손이 끊어내
고 싶던 그 왼손에 대하여

—

무서운 아이스크림

녹아 있다, 라는 말 아시죠? 사상이 주체에 역사가 책 속에 우울이 삶 속에 내 안에 당신이

추억은 방울방울, 한 주검 속의 세계사와 한 그루 나무에 배어 있는 수천 년의 손금 같은,

가령 작은 세포 속 아버지와 그 아버지의 아버지가 나를 배후 조종하는 우주(宇宙) 말입니다

차갑게 공생하는 불안의 빙하는 언제든 녹아 이 작은 지구와 지구의 감정을 덮칠 것만 같아요

부온탈렌티라는 사람을 아시나요? 이름을 부르는 것만으로도 불온해지고 몸은 자꾸만 더워져요

스트로베리 블루베리 블랙베리 수많은 베리 베리들, 숨겨진 배리(背理)의 온도가 두렵습니다

얼굴이 녹아내리고 가면 위의 웃음만, 부지불식 아무도 구분 못할 부드러움만 여기 남을까봐

아시겠지만 아이스크림은 폭발하지 않아요 조금씩 녹을 뿐, 그래서 유령보다 더 무섭습니다

오후 6시의 담론

우리는 열어볼 수 없는 상자를 얻었다
모서리가 전부여서 어디에 놓아도 어울렸고
우리는 어느 쪽으로 넘어져도 좋았다
물 샐 틈 없는 욕망이란 이런 것이지
오후 정각 6시가 되자 우리는
상자에게 이입할 수 없는 감정을 주체 못한다
귀는 엎지르지 못하는 그림자에 대해 말했고
안을 확인할 수 없는 동공의 목소리는 흐릿해졌다
흔들수록 상자는 점점 어두워졌지만
모서리가 전부여서 어디를 만져도 아팠다
상자를 열 수 없으니 6시는 가벼워지지 않았다
누군가 상자 위에 이불을 가져와 덮었다
윤곽이 희미해진 우리는
그제야 어떤 관점에도 어울릴 것 같았다
다행스러워진 우리에게 극도의 피로가 몰려왔다
검은 입을 최대한 벌려 하품하는 오후 6시
이불을 덮고 발효하는 상자 옆에서
각자 생각의 불길한 모서리에 기댄 채
꺼낼 수 없는 꿈에 대해 꿈꾸기 시작했다

7월의 복합

우리는
갈 데까지 갔다가 돌아오지 못하는 연습을 시작한다
도무지 익숙해지지 않는 연습
가령, 비를 가진 구름의 형태에 관한 연구처럼
우리는 한 발을 내딛는다

발끝에서 7월이 시작되고

우리는 소나기를 어느 모서리에 맞추어야 할지 몰라
밤에도 하고 낮에도 하고 그러나 중얼거리는
무지개 때문에 도무지 겹쳐지지 않는 슬픔
되돌아와서 어디까지 갔었는지 기억나지 않는 문장
이것은 우리가 처음 발견하는 여름, 찢어져도 괜찮아
연습이니까 가령, 중독되지 않는 고독에 관한 연구처럼
우리는 뜨겁게 반복되고 그리고 버려질 거야

그러나 어쩌면 이것은 7월에서 끝나버린 발끝

어떤 연습은 시작되기도 전에 끝났으므로
우리는 처음부터 다시 한 발을 내딛는다
영영 못 돌아올 거야 우리에게 헌신하는 7월은
참 착하지 갈 데까지 갔다가 녹아버린 얼굴은
얼굴 없이 되돌아오는 우리의 슬픔은

시네도키, 詩*

우리는
지나간 사람이 더 아름답다고 느끼는 병을 앓았다
종종 낙엽이 무엇의 일부인지 생각했고
모르는 사람과의 대화도 서슴지 않았다
아름답지 않나요? 어긋나는 사람들
그것의 의미는 중요하지 않았으므로
나는 어떤 우리에 조용히 가두어졌고

어떤 대의가 우리를 죽음에 이르게 할까?
그런 생각만으로 삶을 탕진하는 건
사람밖에 없다는 것을
아마 빵이라면 조금 알겠지
이제 구름이라면 나도 조금 느끼니까
이룰 것 없어 잠 못 이루는 날이면
종종 안개가 무엇의 일부인지 생각했고
단지 우린 모두 미치지 않으려 애쓰고 있을 뿐이지
라고 말하는 마음속 타인과 대화한다

아니라고 부인하면서, 자연스럽게
우리는 지나간 사람이 더 아름답다고 느끼는 병을 앓았다
아름답지 않아요, 어긋나는 사람들
인류(人類)는 의연한데 나는 조금 슬퍼졌다
나는 무엇의 일부일까 생각하고 또 생각하면서

* 찰리 코프먼의 영화 〈시네도키, 뉴욕〉에서 뉴욕을 시로 바꾸어
놓는다.

있는 힘껏 장미

나무를 깎아서 1980과 1982 사이에 끼워 넣었다 우는 얼굴을 익혔다

기명색 묘목을 녹색과 적색 사이에 심었다 가을에 수많은 엄마들이 열렸다

치통을 중력과 사춘기 사이에 전진 배치했다 궁금하지 않은 것들이 생겼다

뒤따르던 발자국은 구름과 편지 사이에 놓았다 갈 수 없는 곳이 정해졌다

부서진 머리통을 침대 밑으로 굴려 넣었다 비밀의 정원이 만들어졌다

음악은 냉동실과 공원 사이에 방치되어 있다 홀로 껴안는 법을 배웠다

고등어를 어제와 오늘 사이에 먹어치웠다 밤에 꽃나무 경보가 울렸다

경히 목은 밧줄과 밧줄 사이를 겪는다 검은 연기들이 힘껏 솟아올랐다

무언과 비명 사이로 나를 던져 넣는다 있는 힘껏, 장미
가 핀다

비커

밤에 검은 말들은 좀체 잘 들리지 않는다

푸른 불꽃을 내면서 달의 눈금이 타고 있다

수신되지 않은 신호음들이 밤의 고양이를 낳는다

힘껏 던진 것이 어딘가에 부딪혀 소리 내길 기다린다

사랑은 웬만해선 붉은색 속에서 분리되지 않는다

빗소리를 꺼내 조심스럽게 불행과 교반한다

구름에도 금이 간다고 쓴다 다만 불운은 견고하고

선반은 언제나 그런 식으로 벽과 어울린다

사물함 밖으로 단단하게 굳은 내가 굴러떨어진다

공원학 개론

겨울 사막의 모래들은 지난번 다짐을 모두 잊은 듯 아무
렇지 않게 평활했다

가로등은 좀더 겸손해야 한다고 벤치 위 여우가 뿌얀 입
김을 입에 물었다

흙 편지 쓰다가 알았다 나는 사랑이라고 쓰고 너는 사생
(寫生)이라 말했다

천체망원경으로 목성을 보며 생각했다 목성의 바깥은 그
리운 목성인가?

바깥에서 놀다보면 쉽게도 저녁을 이해한다 그것은 피학
아니면 가학

내 혀가 네 혀와는 다른 것으로 만들어졌다는 것을 그네
에게서 배웠다

너는 여기 반 있고 거기 반 있다 정글짐이 딱딱한 궤변으
로 무너질 때

눈은 다시 재고처럼 쌓이고 버스 안 원숭이들이 불행만큼
긴 손을 흔든다

문을 위한 에스키스

낙원을 찾아 헤매다 이렇게 늙어버렸다 수많은 문을 닫고 문에서 나왔다

소슬한 사람과 몸을 섞다 배워버린 키스 때문에 내 문장은 사막이 되었다

똑같은 사랑이 한 번도 없었던 것은 모든 신음을 문에게서 배운 까닭이다

聞에 가만히 귀 대보면 그 반대편에 누군가가 숨죽이고 있음을 알게 된다

들어왔으니 나온 것이고 당신을 떠나 비로소 당신에게 되돌아온 것이다

이 밤에 별자리 하나 찾아들지 못한 것이 문이 내게 준 유일한 절망이다

그러니 낙원이 아니길 바라며, 불완전한 11월은 끝내 불완전하길 바라며

쓴다 문밖에서 외로이 나를 기다리는 낙타는 아직 끝나지 않은 우리의 間,

악한 짐승과 조우하거나 열등했고 당황했던 순간이 모두
문이었음을 안다

이렇게 늦은 밤에, 모든 문에는 神이 살고 있다는 말을 가
까스로 생각한다

Mass Study

연한 발가락들을 화분에 나누어 심고 겨울엔 거기서 자라
날 슬픈 머리들을 기다려야지

비라도 오면 지루한 상상들을 마당으로 불러 처마밑 낙수
의 말줄임표들을 별의 간격이라 일러두겠네

기형처럼 솟은 새벽의 머리 단정히 깎아주는 건 허락의 몸
에 허락을 하나 더하는 일일 텐데

마당을 마당에게 돌려주고 아껴둔 광장을 비둘기에게 돌
려주고 부러뜨린 물, 그 거친 단면에 내 얼굴을 닦을 수 있
다면

그런 아침은 분홍의 벌레처럼 소란하겠네 그 소리에 놀라
할머니가 살아 오고 외삼촌이 돌아오고

통시적인 집에 모여 우리는 가문의 해체와 혼종을 노래하
고 가계의 오랜 내력을 공부하겠네

액자에서 오려낸 세월을 저녁의 가장 고운 부위에 걸어두
고 불알 만지듯 외로움에 관해 중얼거리는 밤

밤의 고요한 두 귀를 잘라 머리맡에 붙여두고 계통수 그

늘 아래 앉은 당신의 환한 슬픔을 듣겠네 　　　　　　　　—

—

태피스트리

거미가 한 걸음 의미에서 물러난다

책장과 여름은 좀체 어울리지 않는다

음지식물의 잎이 조금 더 길게 팔을 내미는 동안 충동은 어디로부터 와서 수챗구멍으로 사라지는가

돌아오지 않아야 애인이라고 문자를 받는다

왜 나의 책장은 형이하학에 대해 언급하지 않는가

목요일과 나무를 자주 혼동하는 것만이 내 생애 가장 의미 있는 일이었다

무한한 입과 무수한 활자들의 종횡무진

속에서 왜 나는 빈 종이보다 더 텅 빈 소리를 내는가

나의 詩와 팬티는 어울리지 않는다 오후가

거미의 등뒤로 한 걸음 더 물러나고

나는 당신의 무조주의와 내 슬픔을 버무린 저녁을 목까

지 당겨 덮는다 —

—

징후들

지금 없는 것들은 모두 이제부터 올 것이다

네가 나에게 폭발이 고요에게, 자주 알 수 없는 문장들이
머리맡까지 밀려오거나 발목을 적셨다 그것들을 전생처럼
안고 자다가 하찮아진 우리의 기적이나 질문은 광화문 사거
리에서 앞다투어 낡아갔다

유비를 사랑하던 나보다 더 나답던 애인은 새벽에 갑작스
러운 이민을 떠났고 굴뚝에선 연기가 소문에선 아이가, 끊
임없이 자라났다 상징했다 드라마에선 종말이가 현실에서
는 말종이,

어제 태어난 계단은 아름답지만 세기말을 넘긴 우리는 내
일 읽을 동화를 준비하지 못했다 거리에는 고요의 귀를 접
고 불행을 기다리는 택시들이 납작납작 엎드려 있다

너무 많은 산책은 비대한 연민을 출산할 것이고

늘 안아줄 팔이 그리웠으므로 다음 세기에는 팔이 세 개
인 아이들이 태어날 것이다 나는 내일의 네 발가락을 닮아
서 슬프다

만일의 방

 오늘 방을 생각하는 방의 입장에 대해 생각한다 하루치의
방과 그 방의 체적이 감당해내는 우울

 우각과 우각 천장과 바닥이 대치하는 저녁들 바람의 이탈
을 돕고 허공에 안주하는 일들, 아는가?

 하루에도 몇 번씩 무너진다는 것에 대해 생각하는 방의 고
독을, 만일 방을 뒤집는다면 그것은 다시 방인가?

 어제의 햇살과 오늘의 햇살이 다르게 말하는 것을 방은 진
실로 견딜 만한지, 방이 방에게 살해되거나

 문득 자결을 결심하는 그런 방들, 가능하다면 그런 방에
서 더 멀리 있는 만일의 방을 생각하자

 이제 그만 문을 닫고 방을 열어보자 나를 담고 어두워져가
던 그런 방 말고 방이 방을 생각하는 입장에서,

 방의 계절과 방이 모여 만든 도시에서 누구도 불법점거하
지 않는 그런 방, 방이 태어나기 전의 아마도 윤리적인 방

감자 먹는 사람들

모두 방 하나씩을 쥐고 있다 감자의 살은 여리고 기도 (祈禱)는 멀지만

올통볼통, 한입 베어 물면 기나긴 밤의 쓸모는 이제부터 시작이다

설탕이나 소금을 더하는 일이 취향인 것처럼 감자는 각자의 방이고

각자의 밤이다 둘러앉아 감자 껍질을 벗기는 식탁이 별처럼 차갑다

우물거리는 입은 고요하지만 개구리 볼 같은 복화술을 이해하는 밤

바구니엔 아직 소란한 감자가 여럿 남아 있고 이런 맥락을 건너려면

목이 메는 건 당연하다 일용할 각자의 감자는 감자의 각자이므로

멀리서 보면 불 밝힌 식탁이 하나의 감자다 그러니 감자가 밤을 먹고

먹으면서 새로 밤이 자란다 유비는 위태롭지만 감자는 모
래의 적자다

서걱거리는 음자(音子)도 공자도 영자 엄마까지도 모두
가 사막의 감자다

5부
2인용 식탁

그 새벽, 몸이 아파 당신은 병원에 가고
나는 멀쩡한 정신으로 시를 쓰고 있었어

몽공장
─길만에게

1

한번은 푸른 저녁을 걸어 달빛의 지분을 받으러 갔었다

저수지에서 추방된 연밥들은 연신 기관총처럼 총신을 돌리고 있었고 긴 잡풀들의 군무 사이에서 행과 열에 숨어살던 우리를 발견했다 불쌍한 것, 여기 있었구나, 한줌의 빛을 분양받아 평생 쓰리라던 새벽은 죽고 대신 긴 다리를 가진 상징들이 기린처럼 뛰어다녔다

예언도 폭로도 없는 순한 늑대가 꾸는 양떼를 향한 신경증

2

여름은 불행한 구름들을 양산해냈고 우기엔 근처 과자공장에서 쏟아내는 냄새가 온 동네를 점령했다 아이들은 좀비처럼 골목을 쏘다녔고 모두 피에로처럼 웃고만 있었는데, 나는 상처 난 집을 주머니에 넣고 종일 그 집만 어루만졌다 모서리가 닳아버린 하늘이 벌겋게 덧나곤 했다 할머니가 연근을 조리는 동안 언덕 위에서 우리를 내려다보던 늑대의 눈에 비친 풍경이었다 우리에게 똑같은 슬픔은 단 한 번도 없었다 불쌍한 것,

가자, 엄마에게 데려다줄게

3

그렇지요, 꿈이란 그런 것이지요
여름이 창문을 쥐고 흔들었지만, 창문은 바람만 기억하
는 것
바람을 한 사람으로 바꾸어버리고
결국엔 그 사람조차 관념으로 바꾸어놓는 것

내가 꿈꾸었던 당신도 결국은 그랬습니다
언덕에 올라 내려다보면 구름에 해가 가린 몇몇 집들을
볼 수 있었지요
눈이 없어서 아름다웠던 시절, 그래서 당신을 마음에 묻
었습니다

4

마음은 심장에 있나요? 머리에 있나요? 생각해본 적 있
다면 당신은 오늘 잠들지 않는 공장에 들러 꿈을 길어올리

는 공원의 긴 손가락을 만날지도 모릅니다 노을에 잘 익은 창문과 바삭바삭한 타일로 구워진 심장 같은 곳, 아니, 그냥 허름한 신발주머니처럼 생겼을지도 모르지요 우리가 잠든 사이 더 바쁘게 돌아가는 공장, 그래 그곳을 불면의 공장이라고 부릅시다 금세 구름이 되는 연기처럼 꿈은 내게 스몄다가 나를 떠나고 우리에게 스몄다가 우리를 떠나니까요

5

깨어나면 내 젖은 머리맡도 아름답게 기억될 수 있을까
지금도 소란한 부품들이 조립되는 공장에서의 하루
어제를 그제와 조립하고 그녀를 그와 조립하고
자의식을 환각과 조립하고 정치를 손가락과 조립하는……
너무도 완벽한 그 불완전체의 계절,
그 계절에 다시 꼬리가 돋아나면 우리, 텅 빈 미궁의 혹은 자궁의
따듯한 물 속으로 다시 돌아갈 수 있을까

6

한번은 푸른 저녁을 걸어 달빛의 지분을 받으러 갔었지요

당신도 받았나요?   —

　생면부지의 사람을 죽이고 돌아오던 저녁
　아무리 달려도 제자리였던 걸음 같은 거, 목성을 끌어당
기고 싶던 거, 오래전에 잊은 사람들 데려다가 함께 빵을 먹
게 하는 그 슬픔들

2인용 식탁

1

입은 음악과 비명으로 발화한다 발화는 사라지거나 분별
없이 반복된다

허공에 근접하거나 너무 먼 사람들, 나는 겨우 2인칭이거
나 3인칭이다

목요일이거나 혹은 고등어다 실직과 이직의 놀이 속에 내
가 있고 자루,

속에는 지푸라기와 과일이 들어 있다 자루 속에서 아이와
비극이 태어난다면

구겨진 메모를 마지막 주머니에서 꺼내야지 설탕 속에서
애인을 분리하는 일

커피 속에서 별을 건져올리는 일, 따위가 깨알처럼 적혀
빛난다

구름이 여자와 무늬로 구분될 때 밤이 전등과 별로 나누
어질 때

적어도 나는 실패했거나 실패하는 중이다 나무가 사람보
다 더 사람답다거나

낚싯대도 없이 앉아 있던 사람을 유령이라 부르고 싶었다
면 당신은 당신A이거나

당신a다 나는 이토록 간절하거나 이토록 무심하게 버려
질 것이다

2

새가 물고 가는 것은 나뭇잎이거나 고독, 시는 시와 비시
로 분화하지 않는다

국밥은 안개와 소금으로 만들어졌으니 목련과 4월은 내
가 모르는 할머니

시는 시와 일상으로 분화하는 것, 발가락이 선인장과 아
이로 분화하듯

안개는 그저 흔한 질문이거나 완벽한 침묵 시란 시에서 너
저분한 일상을 뒤지거나

일상에서 시에 골몰하는 번복의 반복 얼마나 버틸 수 있
겠느냐고

흔들리는 내가 고정된 나에게 묻는다 고정된 내가 흔들리
는 나에게 웃는다

귀를 땅에 내려놓으며 저녁은 웃거나 운다 울음은 소리와
진동으로 나누어진다

기억은 등과 등을 뺀 모든 것이다 계속하자 허공은 구름
과 소녀로 만들어졌다

맥락은 구덩이와 철사로 만들어졌다 나는 모사와 가능성
으로 만들어졌다

다르게 말하면 나는 그것이 아니거나 그것이 가능한 다
른 것이다

3

10월은 나쁘게 말할 수도 있다 말이 계속될수록 나는 발

을 잃어버리고

　말과 발의 관계는 둘 중 하나다 허구로 수렴하거나 실재
로 발산하는

　그러나 자정은 가면과 연회로 이루어져서 놀람과 경이는
자주 자루 밖에서 온다

　그 편지는 1980년과 1990년에 각각 쓰였다 80년은 연건동
과 화약 냄새로 빚어졌고

　90년은 약현성당과 서소문공원으로 조합되었다 그때 눈
보라와 슬리퍼가 기묘한 짝을 이루었고

　나는 실패했거나 실패하는 중임을 알았다 이야기는 발신
자와 수신자로 요약되고

　나의 이야기는 당신의 귀와 입으로 나뉠 것, 발화는 끝내
사라지거나 반복될 것이므로

　나는 사라지거나 거의 반복될 것이다 웅웅거리는 말들이
마침내 웅웅웅웅거릴 것이다

당신은 당신A이거나 당신a일 것이다 그건 파시즘이거나 한낱 파무침이다

　놀고 있다와 놀아나다의 관계는 관계의 분화다 10월의 혁명과 소소한 허무다

　4

　당신 눈동자에 담긴 나를 바라보는 것, 그것이 나의 희망이거나 한계다

　나의 입A이거나 나의 입a다 미안하게도 나는 실패했거나 실패하는 중이다

　내 유일의 식탁과 사각의 슬픔, 그래도 시는 촛불이거나 눈물로 만들어져서

　마음들이 마주앉아 밥을 먹고 마음이 마음을 쓰다듬는 일에 관해 생각할 것이다

─

팽창하는 관념의 골목과 이형의 울음들

이철주(문학평론가)

천서봉의 두번째 시집 『수요일은 어리고 금요일은 너무 늙어』가 십이 년 만에 묶였다. 함부로 규정해선 안 될 시간의 밀도가 시집 곳곳에 담겨 있어 때로 이 시집의 진짜 주인공은 시간 그 자체인 것처럼 보이기도 한다. 그렇다고 첫 시집 『서봉氏의 가방』과의 변별점이 보이지 않는 것은 아닌데, 첫 시집이 "집어넣을 수 없는 것을 넣어야 한다,/는 강박관념"(「서봉氏의 가방」)으로부터 존재의 형이상학적 갈망과 순수성을 끌어내고 있다면, 이번 시집은 현실의 중력 바깥으로 너무 멀리 밀려나버린 '발목 잃은 자'의 맹목과 그 불가피성에 주목한다. 사유하며 통제하는 '나'의 자리가 얼마쯤은 희미해진 것인데("당신이 의식하지 않는 소소한 배경으로 천천히, 나를 소멸해가겠습니다", 「과잉들」) 그렇다고 이를 절대적인 차이로 받아들여선 곤란하다. 여전히 그의 시는 "닿을 수 없는 높은 음표의 노래들"(「가정동」)에 대한 갈증과 허기 속에서 해소될 수 없는 질문과 번민을 되풀이하며("생각한다. 나는 왜 집으로 돌아가는가, 혹은 나는 왜 어디론가 자꾸 돌아가는가", 「습관들」) "말로 도강할 수 없는 정념"(「메모들」)과 "읽을 수 없는 무늬들"(「아가미」)로 "창궐"(「목요일 혹은 고등어, 그후」)하는 어둠과 이형의 그림자들 사이에서 끊임없이 흔들리고 있기 때문이다.

무엇보다 '서봉氏의 가방'은 시인이라는 고된 운명의 형

식을 담아낸 자기반영적 상징물로, "넣을 수 없는 것을 휴
대하려는 관념과/이미 오래전 분실된 시간"(「서봉氏의 가
방」) 사이에서 스스로를 영원히 상처 입힘으로써 깨어 있으
려 하는 존재론적 충동의 표현에 다름 아니다.

　존재의 불구성과 근원적 결여에 대한 시적 성찰 및 자각으
로부터 출발하고 있는 천서봉의 첫 시집은 건축가라는 실제
시인의 이력과도 맞물려 다채로운 건축학적 상상력을 보여
주었는데(「사랑에 관한 짧은 몸살」의 "만질 수 없는 강박의
방", 「바벨의 도서관」의 "도서관에는없는것이없고영원히영
원한것은없고", 「입면도(立面圖)를 위한 에스키스」의 "눈
감아야 보이는 것들 있다고 창문을 내다는 일도 눈 뜨는 일
이라고)", 이번 시집에서는 이형의 존재들이 출몰하는 골목
의 형이상학적 설계와 배치를 통해 그 미학적 실험과 모험
을 이어가고 있다.

　당신이라는 절대적 부재를 중심으로 무한히 팽창해가는
이 이형의 골목(「닫히지 않는 골목」 연작)은 세상 어디에도
속하지 않는 부정(不定)의 땅에 세워진 관념의 구조물이지
만, 삶과의 가장 뜨거운 접촉이 남긴 깊은 화인(火印)들로
창조되었다는 점에서 매끄러운 관념의 표상으론 결코 환원
될 수 없는 거칠고 처연한 생의 구체성들을 부여받는다.
"유년의 기억에 의존한" 이 관념의 골목엔 그토록 강렬했
던 갈망도 허기도 "한때 나보다 사랑했던 당신도 없"지만,
대신 "살아 있는 죽음이나 죽어 있는 삶"처럼 기이하게 훼

손되고 뒤틀린 이형의 존재들이 주민이 되어 살아간다(「닫히지 않는 골목」). '당신'이 남기고 간 내상을 천형처럼 간직한 채, 그 열기에 멀어버린 눈과 닳아버린 손가락으로 골목의 어둠을 섬세히 더듬으며 견고한 시간의 관성을 참혹히 통과해간다.

무심코 고개를 돌리면 어디에나 태연히 뚫려 있는 이 섬뜩한 골목의 입구 앞에서 시인은 무언가를 간절히 바라다 저마다 기이하게 몸이 휘어버린 이형의 존재들을, 그들의 몸에 각인된 유실된 상형문자들을 오래도록 들여다본다. 혹은 이들과 너무 가까이 자주 말을 섞었던 탓에 현실과의 유일한 끈이었던 '발목'마저 잃고 미로 같은 골목의 아득한 가장자리를 헤매고 있을 당신을 위해, 단 하나의 출구가 표시된 관념의 지도를 정성 들여 그려낸다. 혹시라도 "자신이 이 문장의 주인인 걸 모르고"(「닫히지 않는 골목 Cul-de-sac」) 엉뚱한 길만 찾아 헤맬까봐, 당신이 찾던 그 절대적 '당신'이란 처음부터 해소될 수 없는 허기와 갈증뿐인 당신 자신이었음을 기어코 모른 척할까봐, 이 모든 비극이 시작된 골목의 입구로 당신을 몇 번이고 다시 데려다놓는다. 이 끝나지 않는 밤과 범람하는 골목의 어둠이 한 권의 시집을 온통 채색하고 있다. 당신을 꼭 닮은 병증 하나가 당신을 따라 이 오래된 골목의 어둠 속으로 또 들어선다.

2

　1부에는 총 열여섯 편의「닫히지 않는 골목」연작이 수록되어 있는데 흥미로운 사실은 애초에 골목이란 닫을 수도열 수도 없는, 그 자체로 이미 개방된 공간이라는 점이다.'막다른 골목'과 같은 표현이 가능하기는 하지만 그조차도이미 골목에 들어서는 개방된 입구를 전제한다는 점에서 실제로 닫힌 것은 아니다. 물론 그의 골목은 관념의 골목이며첫 시집의 '가방'과 같이 닿을 수 없는 너머의 감각과 기억을 잠시라도 품고 간직하기 위한 매개적 공간이라는 점에서 이러한 진술 자체가 어색하거나 잉여적이라고는 느껴지지 않는다. 첫 시집의 연장에서 보자면 '닫아야 한다'는 강박은 그에게 여전히 남아 있는 주체의 목소리이자 의미에의집착일 것이며, 따라서 '닫아야 하는데 닫히지 않는다'라는실패에의 감각 역시 그의 시가 줄곧 그려왔던 형이상학적도약 내지 포착의 불가능성과 그리 무관해 보이지 않는다.
　다만 이러한 상상력이 왜 하필 '닫는다는 것'이 처음부터불가능한 '골목'을 매개로 전개되고 있는지는 여전히 설명이 필요해 보인다. '가방'은 비록 출입구가 존재하기는 해도휴대를 위해 바깥으로부터 내부를 분리해내는 것이 일차적으로 중요한 폐쇄적 공간이지만 '골목'은 거주와 소통이 동시적으로 이루어지는, 연결과 순환이 무엇보다도 중요한 지극히 개방적인 공간이다. 처음부터 열려 있는 공간을, 열려

있어야만 하는 공간을 굳이 "닫히지 않는"다고 강조하는 데
에는 어떤 이유가 있으리라고 생각할 수밖에 없는데, 다음
의 시는 그 내막을 어느 정도 짐작게 한다.

바람이 불지 않는다 높은 곳에 올라가보았지만 너는 없
다 더이상 설레지 않았다 슬플 건 없지만 슬프지 않을 것
도 없다 편평한 대지처럼, 얇고 흰 종이처럼 나는 지구 위
에 놓여 새로울 것 없는 슬픔을 느낀다 부재는 평화롭고
그리고 더없이 위태롭다 바람이 불지 않는 곳에선 거의 모
든 것을 견뎌야 하므로, 당신 없는 꽃들이 핀다 당신 없는
비가 내리고 당신 없는 계절이 바뀌고 이렇게까지 환할 필
요 없는 소리들이 당신 없이 창궐한다 모든 예보에선 불명
열(不明熱)이 빠져 있고 당신과 나 사이의 등고선은 이제
없다 이 정도면 슬프지 않을 것도 없지만 슬플 것도 없다
바람이 잠든 후 아무것도 잠들지 못했다
                    —「닫히지 않는 골목—O」 전문

불가능한 것에 대한 불가능한 갈망을 표상하는 '가방'이
여전히 그 '가방'을 휴대하고자 하는 '주체'의 시선과 목소
리를 지우지 못하고 있는 데 반해, 이 "닫히지 않는 골목"은
그러한 주체의 간절한 열망과 기도로부터 이미 한 걸음 비
켜서 있다("더이상 설레지 않았다"). 아무리 "높은 곳에 올
라가보"아도 꿈꾸던 "너는 없"고 당신과 나 사이, 팽팽한 긴

120

장과 간극도 더이상 존재하지 않는다("당신과 나 사이의 등고선은 이제 없다"). 남은 것은 당신의 "부재"뿐이지만 이 부재는 당신의 귀환을 약속하는 숭고한 예언의 징표조차 되지 못한다. 그의 '가방'은 주인과 함께 존재의 이유를 잃었으며 그 스스로가 '불가능한 것', 상처와 부재에 감염되어 산산이 흩어지고 찢긴 이형의 울음이 되어버린 것이다. 그러니 '가방'은 이제 그의 시세계를 지탱할 만한 적당한 상징이 되지 못한다. 불가능한 당신에 대한 불가능한 갈망으로서가 아니라, 끔찍하게 훼손된 이형의 울음들로서 살아가는 방법을 익혀야 하기 때문이다.

골목은 가방과 달리 찢을 수도 부술 수도 폐기할 수도 없으며, 당연히 닫을 수도 열 수도 없다. 골목은 틈이나 균열과도 같아서 어떤 단단한 관념의 땅에도 태연히 뿌리를 내리고 무탈히 증식해가지만 스스로를 파괴하거나 폐기 처분하지는 못한다. 골목이야말로 이 멈출 줄 모르는 파괴의 탐욕스러운 원인이자 그로 인해 짓눌리고 으깨어진 울음들이 유령처럼 머무는 부재의 장소이기 때문이다. 있음을 없앨 수는 있지만, 없음을 없앨 수는 없기에 그의 문장은 당신이라는 없음을, 없음의 절대성을 더이상 부정하지 않고 감당하며 견디려 한다. "이렇게까지 환할 필요 없는 소리들이 당신 없이 창궐"하는 잔인한 온기를 끌어안은 채 세상의 모든 찬란과 착란을 집어삼키는 거대한 부재의 중심("O의 동산", 「닫히지 않는 골목」)을 캄캄히 들여다본다. '나비'는 이 부재의 중력에 이끌린 맹목의 이름이자, 그의 골목 곳곳에 사체처럼 남아 있는 찬연한 실패의 흔적들이다.

　홀로 나는 부끄러워 몇 번이고 얼굴을 감싸쥐다 무릎 사이에 귀를 묻다 생각한다 죽고 싶다……, (……)

　어떤 사랑도 아름답지 않고 어떤 중독도 마침내 시들해질 때, 나는 편견이 없는 연대의 한 마리 나비가 된다 (……)

　나비는 죄가 없으나
　침묵과 놀며 창문을 존경하고 요절을 동경하다가
　버스 한 번 타면 갈 수 있던 당신에게 못 간 시간을
　이제 나비라고 불러야겠다

　호명하기 어려워 꼭 쥐고 있던 성대와
　붙잡을 수 없어 귀가하던 손금의 불안한 무늬조차
　이제는 나비라고 하자 (……)

　내가 당신에게 못 가던 발작의 시간들을
　간단하게 나비라 쓰자
　봄의 이곽을 떠도는 추억의 고요를 나비라 읽자
　용서는 바라지도 않을 이번 생엔
　영원히 마음의 정처를 얻지 못할 것이므로

그러니 나비라 부르자 당신과 나 사이
창궐하던 층계를, 찬란히 피던 실패의 전부를
　　　　　　　　　　　　　　—「나비 운용법」 부분

'불가능'을 꿈꾸던 지난날의 잔해 앞에서 화자는 "죽고
싶"을 정도의 부끄러움에 휩싸인다. "어떤 사랑도 아름답
지 않고 어떤 중독도 마침내 시들해"지고 만다는 단정적 진
술은 화자가 도달한 자명한 사실이지만, 그렇다고 해서 세
상의 무의미와 무가치만을 증명하진 않는다. 비록 그의 앞
에 놓인 것은 당신이라는 절대의 참혹한 부재이지만, 그것
은 동시에 "당신과 나 사이/창궐하던 층계"와 "찬란히 피던
실패의 전부"를 있는 힘껏 끌어당기는 골목의 중력이 되어
"나비"들의 눈부신 비상과 참연(慘然)한 웅성거림을 매개
하기 때문이다. 그러나 이러한 사유의 전복과 관념의 역동
적 비상이 중력의 실체를 뒤바꾸어주지는 못한다. 나비들의
비상이 그리는 난연한 곡선은 "O의 동산"을 향해 결국엔 수
렴될 것이고, 골목의 심장은 날이 갈수록 더욱 비대해질 것
이며 골목의 모세혈관은 삶의 허방을 날카롭게 찌르며 무서
운 속도로 증식해갈 것이다. 그의 팽창하는 관념의 골목은
형이상학적 비상을 위해 그가 선택한 편리한 도구나 방법이
아니라, 부재 이후 그가 견뎌야 할 감각적 삶의 부정할 수
없는 실재로서의 심연일 따름이다. 이제 자신에게 남은 일

은 골목의 중력에 이끌리는 유령들을 위해 부서진 말의 파
편과 얼마쯤은 일그러진 음성을 미온의 담요로서 가만히 덮
어주는 것뿐이라는 듯, 천서봉의 문장은 이 '발목 잃은 자'
들의 안녕을 향해 바쳐진다.

3

닿을 수 없는 것에 마음을 빼앗겨버린 천서봉의 화자들은
일종의 저주이자 추방의 징표로서 누구도 피할 수 없는 증
상을 무서운 속도로 앓기 시작하는데 바로 다름 아닌 발목
을 잃는 것이다. 이 증상은 처음엔 그저 "발목이 부풀어오"
(「닫히지 않는 골목―한여름의 카니발」)르는 것으로 시작
되지만 머지않아 "잎사귀 위에서 반짝이던 악귀(惡鬼)가 조
근조근 내 발목을 깎아내기 시작"(「닫히지 않는 골목―측
백나무의 집」)하는 것으로 발전하고, 종국엔 잃어버린 자신
의 발목을 허공에서 발견하는 것으로 마무리되고 만다("당
신의 발목은 아직도 허공에서 흔들리고 있다", 「닫히지 않
는 골목―T」). 이쯤 되면 더이상 돌이킬 수 없게 되는데,
스스로가 "발목이 없는 악귀"(「목요일 혹은 고등어, 그후」)
가 되어 누군가의 발목을 향해 군침을 흘리는 지경으로까지
가버리고 말기 때문이다.
　발목 잃은 자는 어디에도 발을 붙이지 못한 채 부패한 꿈

의 골목을 영원토록 배회해야만 하는 저주받은 운명에 떨어지고 만다. 천서봉의 시에서 이는 시라는 공동체가 함께 앓고 기억하고 긍정해야 하는 타자의 존재 형식이자 그 근거가 되는데 다음과 같은 시에서는 단적으로 시의 "상징" 그 자체로 일컬어지기도 한다.

영혼에 관해 말할 때, 우린 자주 발목을 잃어버리곤 했습니다

발목이 사라져간 자명한 어제를 이제 상징이라 부르겠습니다

어디선가 물이 끓는데, 돌고 도는 목성의 얼음 떠 같은 영혼들

낯선 곳에서 잠을 깨는 일은 소멸에 가까워서 아름다웠습니다

문턱을 넘지 못하는 생각은 무너지고 나서도 다시 무너지겠죠

깊어지는 모든 것은 철학이 될 테고 자정은 비밀과 닮아갑니다

골목이 소매와 닮았습니다 점점 소문에 가까워지는 우리들

알아보겠습니까, 이제 물은 끓어오르다못해 넘치고 있습니다

당신을 설득할 생각이 없는 나는 당신 병이나 함께 앓았으면 했습니다

　　　　　　　　　　—「발목이 없는 사람」 전문

목성의 중력에 잠시 마음을 빼앗겼다는 이유로 닿을 수 없는 부재의 중심을 영원히 돌고 또 돌아야 하는 얼음조각의 운명처럼, 화자는 부서지고 무너지기를 끊임없이 반복하며 생각도, 생각하는 능력도, 부재가 남긴 적막한 흔적들도 조금씩 잃어만 간다. "낯선 곳에서 잠을 깨"곤 사라져버린 기억의 온기를 좇아 아득한 허공을 헤매는 눈먼 마음들처럼, 화자는 얼마쯤 뭉툭해진 흉터의 가장자리를 어루만지며 "소멸에 가까"운 것은 "아름"답다고, 사라진 것과 사라질 것과 사라지고 있는 모든 것들은 단지 "깊어지는" 것일 뿐이라고, 해소될 수 없는 허기에 지쳐버린 마음을 애써 추스르며 다독인다. 그러나 이는 부재를 견디기 위해 되뇌는 화자의 혼잣말이 아니다. 화자는 "소멸"이 예정된 필멸

의 운명으로부터 "어디선가 물이 끓는" 소리를, "끓어오르다못해 넘치"는 역동적 목소리를 기민하게 듣고는, 이 옹성이는 이형의 울음들에 조금씩 가까워지고 있는 자신을, 그리고 우리의 모습을 어렵지 않게 발견해내기 때문이다("점점 더 소문에 가까워지는 우리들//알아보겠습니까"). 그러니 "발목을 잃"었다는 것은 이형의 울음이 당신을 너무 자주 드나든 탓에 그 끝단이 해어지고 닳아버린 "소매"의 세계로 들어간다는 말과 다르지 않으며, 우리는 그 안에서 자신들을 향해 제발 시선을 거두지 말아달라고 애원하는 타자의 얼굴을, 당신이라는 절대적 부재에 "매달린" 오래된 얼굴을 마주하게 된다.

창문에 매달린 얼굴이, 매달린 얼굴이 당신이

계통수 사이 줄줄 흘러내리는 여름의 질병력이

지평선 너머 불행이 쏟아진다고 말하는 입이

살을 녹이는 햇살과 소용되지 않는 내일의 문법이

몸에 스며 되돌아 나오지 않던 바람의 결심이

죽어가는 숲과 잠재된 뿌리의 질긴 싸움이

허기를 배우고 재난을 익히는 아이들이, 그 눈이

말이 안 되는 말과 빛나지 않기로 작정한 빛이

그해 여름 목 밖으로 꺼낼 수 없던 앙상한 비명이

울어도 울어도 끝내 다 울지 못하는 치명이

창문에 매달린 얼굴이, 매달린 얼굴이 당신이
　　―「매일매일 매미―돌아오지 않을 아이들에게」전문

　아직 채 태어나지도 못한 감정과 감각과 기억의 잔해가
방류된 폐수처럼 시꺼멓게 쏟아져 내리는 관념의 골목에서,
화자는 몸이 되지 못한 햇살의 장기(臟器)와 발음이 되지 못
한 "앙상한 비명"과 표정이 되지 못한 "바람의 결심"이 몇
번이고 자꾸만 되살아나는 섬뜩한 악몽의 심연과 마주한다.
문장이 될 수 없고, 말이 될 수 없고, 비명조차 될 수 없는
정체불명의 얼굴로부터 화자는 어떻게 해서든 '관찰을 위한
안전한 거리'를 확보하려고 하지만, 그럴 때마다 "얼굴"은
읽을 수 없는 흉측한 얼룩이자 인식의 공동(空洞)이 되어 화
자의 "창문"에 악착같이 "매달린"다. 이들은 관념으로 정제
한 진화의 "계통수"마저 혼란과 착란으로 끙끙 앓게 하며,

피안으로부터 흘러나온 "불행"조차 "죽어가는 숲과 잠재된 뿌리의 질긴 싸움"으로 손쉽게 번안해낸다. "소용되지 않는 내일의 문법"으로 웅성이는 과잉과 "울어도 울어도 끝내 다 울지 못하는 치명"적 결여 사이에서 천서봉의 시는 어떠한 서술어로도 이 두 간극을 봉합하려 하지 않는다. 불온하게 뒤섞이는 이형의 목소리가 "돌아오지 않을 아이들"을 위해 열어둔 감각의 문이 될 수 있도록, 터진 상처로 호흡하고 울음을 토해내며 "닫히지 않는 골목"의 허기가 허공을 향해 뿌리를 내리는 날카로운 필연을 막막히 끌어안는다.

4

"나와 당신과 착란이 삼중주로 깊어가는" "독감 걸린 밤"(「사랑에 관한 짧은 몸살」)의 중심에서 천서봉의 시는 "소문"처럼 끝을 모르고 범람해오는 "다중의 의태들"과 기이한 "혼종"들을, "변덕으로 다복해지는 몽마(夢魔)"의 소용돌이와 "잠에서 잠으로만 옮겨가는"(「발산하는 시」) 질병의 목록들을 정성 들여 발굴해낸다. 이형의 울음과 꿈의 잔해들에 치명적으로 이끌리는 이 오래된 병증을 그는 다만 "다음 생으로 옮아가려는 준비"일 뿐이라고 강하게 일축하곤 "이종과의 교배"마저 허락할 "후생"(「후생들」)으로 성큼성큼 나아간다. 천서봉 특유의 이상주의 혹은 낙천주의라

고도 할 수 있겠으나 이와 같은 긍정의 중심에는 참혹한 실
패의 잔해와 지워지지 않는 통증의 기억이 선명히 자리하
고 있다. 그의 낙관은 "낙원"을 향한 투명한 믿음이라기보
다는 세상의 모든 낙오된 것들을 향한 단단한 헌사에 다름
아니며 그의 문장은 낙원을 약속하는 입구가 아닌, "문"이
라는 세상의 모든 낙인과 꿈과 봉인이 거주하는 당신의 자
리를 향해 나아간다.

낙원을 찾아 헤매다 이렇게 늙어버렸다 수많은 문을 닫
고 문에서 나왔다

소슬한 사람과 몸을 섞다 배워버린 키스 때문에 내 문
장은 사막이 되었다

똑같은 사랑이 한 번도 없었던 것은 모든 신음을 문에
게서 배운 까닭이다

聞에 가만히 귀 대보면 그 반대편에 누군가가 숨죽이고
있음을 알게 된다

들어왔으니 나온 것이고 당신을 떠나 비로소 당신에게
되돌아온 것이다

이 밤에 별자리 하나 찾아들지 못한 것이 문이 내게 준
유일한 절망이다

  그러니 낙원이 아니길 바라며, 불완전한 11월은 끝내 불
완전하길 바라며

  쓴다 문밖에서 외로이 나를 기다리는 낙타는 아직 끝나
지 않은 우리의 間,

  악한 짐승과 조우하거나 열등했고 당황했던 순간이 모
두 문이었음을 안다

  이렇게 늙은 밤에, 모든 문에는 神이 살고 있다는 말을
가까스로 생각한다
                              ─「문을 위한 에스키스」 전문

  화자는 "낙원을 찾아 헤매"느라 너무 많은 시간을 보냈다
고, 너무 빨리 "사막이 되었"으며 너무 쉽게 "늙어버렸다"고
지난날의 사랑과 이별에 대해 쓸쓸히 고백한다. 당신으로
인해 마음이 새까맣게 타버리기 일쑤였지만 당신을 온전히
떠났던 적은 단 한 번도 없었다고. 당신은 "문" 너머 찬란한
낙원이 아니라 "문"에 깃든 시간과 마음 그 자체였으므로
결국엔 "당신을 떠나 비로소 당신에게 되돌아온 것"뿐이라

며 그간의 편력과 우회의 내력을 담담히 털어놓는다. 무섭게 짓눌려오는 밤의 밀도가 아무리 깊고 날카로워도 "모든 문에는 神이 살고 있다"는 견고한 믿음 속에서 삶은 여전히 견뎌낼 가치가 있는 "문"의 시간들로 되살아나고, 그의 문장이 펼쳐내는 매혹적인 골목들과 이형의 울음들 역시 실패를 빌미로 당신과 가장 깊고도 내밀하게 엮였던 시간의 문양이 되어 일순간 환히 타오른다.

발목 없이도, 단단한 의미의 외피나 그럴듯한 '당신'의 이름 없이도, 유랑하듯 마음껏 산책할 수 있는 천서봉의 골목을 걷는다. '발목'을 잃은 죄로 실족조차 불가능하며 무리한 마음에 애써 피곤해지거나 지쳐버릴 일도 없을 것이므로 '당신' 없는 계절을, 공기를, 시간을 이제는 좀더 편안히 들이마실 수 있을 것이다. 당신은 처음부터 부재였으므로. 부재를 호흡하고 공허를 씹어 삼키며 그렇게 우리는 당신 없는 골목의 주민이 되어간다. 골목의 체적이 하루가 다르게 비대해져가는 매운 계절의 끝에서 당신 없이도 가장 뜨겁게 사랑하고 이별하는 의연한 표정 하나를 배운다. 그렇게 당신을 꼭 닮은 오래된 병증이 조금씩 희미해져가고, 이미 지나간 계절이 여러 번 온 힘을 다해 다시 지나간다.

천서봉 1971년 서울 출생. 2005년『작가세계』를 통해 작품
활동을 시작했다. 시집『서봉氏의 가방』, 산문집『있는 힘
껏 당신』이 있다.

문학동네시인선 198
수요일은 어리고 금요일은 너무 늙어
ⓒ 천서봉 2023

1판 1쇄 2023년 7월 25일
1판 2쇄 2023년 9월 15일

지은이 | 천서봉
책임편집 | 정민교
편집 | 김수아 정은진
디자인 | 수류산방(樹流山房) 본문 디자인 | 이주영
저작권 | 박지영 형소진 최은진 서연주 오서영
마케팅 | 정민호 서지화 한민아 이민경 안남영 왕지경 황승현 김혜원 김하연
브랜딩 | 함유지 함근아 박민재 김희숙 고보미 정승민 배진성
제작 | 강신은 김동욱 이순호
제작처 | 영신사

펴낸곳 | (주)문학동네
펴낸이 | 김소영
출판등록 | 1993년 10월 22일 제2003-000045호
주소 | 10881 경기도 파주시 회동길 210
전자우편 | editor@munhak.com
대표전화 | 031) 955-8888 팩스 | 031) 955-8855
문의전화 | 031) 955-3576(마케팅), 031) 955-2675(편집)
문학동네카페 | http://cafe.naver.com/mhdn
인스타그램 | @munhakdongne 트위터 | @munhakdongne
북클럽문학동네 | http://bookclubmunhak.com

ISBN 978-89-546-9450-6 03810

문학동네